RACCONTI EROTICI

STORIE DI SESSO ESPLICITO, EROTISMO E
TRASGRESSIONE AMATORIALE PER ADULTI

ERICA DONATI

INDICE

VIETATO AI MINORI DI 18 ANNI

Questo libro di racconti include descrizioni dettagliate di scene di sesso esplicito, utilizza un linguaggio per adulti e affronta temi che potrebbero risultare scomodi per alcuni lettori.

Ogni riferimento a persone esistenti o a fatti realmente accaduti è puramente casuale.

Per accedere alla pagina dei prodotti di Erica Donati ed esplorare l'intera collezione dei suoi libri, sarà sufficiente inquadrare con la fotocamera del tuo smartphone il codice visibile qui sotto. In pochi secondi, sarai automaticamente reindirizzato alla pagina dedicata.

o copia e incolla il seguente indirizzo:

https://t.ly/4zs8X

INTRODUZIONE

L'Eros è una pulsione fondamentale dell'essere umano, la pulsione di vita contrapposta, - secondo Freud - a Thanatos, ovvero la pulsione di morte. È di questo che tratta la scrittura erotica, degli impulsi più profondi dell'essere umano, di quelli sopiti, dei richiami della carne, dell'eros appunto, di questa pulsione di vita che permea la nostra immaginazione, dandole la forma degli istinti sessuali. Infatti, se l'eros in quanto tale è una pulsione, l'erotismo possiamo considerarlo la sua veste culturale. Tant'è che l'erotismo e le sue manifestazioni letterarie e artistiche variano a seconda del tempo e dello spazio. I racconti erotici sono pieni di passione, coinvolgenti per chi li legge, perché hanno la particolarità di trascinare il lettore sia in situazioni quotidiane, che in scenari esotici e peculiari, capaci di stuzzicare l'immaginazione.

In un mondo come quello odierno, in cui ci si

ritrova soggiogati dalla quotidianità e repressi dalla routine, ognuno di noi ha bisogno di una scappatoia; per qualcuno può essere un contesto abituale come una giornata in ufficio, un incontro casuale in biblioteca, una nuova vicina che si trasferisce alla porta accanto; mentre altri hanno bisogno di immergersi in panorami del tutto fuori dal comune, avventure ignote o thriller al cardiopalma. Ognuna di queste possibili trame ha un particolare in comune: l'eros, perché in fondo è l'eros la migliore fuga dalla prigione quotidiana e, forse, il miglior balsamo contro lo stress.

I racconti di questa raccolta sono scritti per concedervi un punto di vista speciale su cinque storie che vi cattureranno. Cinque racconti erotici tutti diversi nei quali immergervi; storie auto-conclusive che stuzzicheranno i vostri appetiti e vi strapperanno dalla monotonia, col desiderio di volerne ancora.

Siete amanti del vanilla sex? Questo libro fa per voi. Siete amanti di un sesso un po' più strong? Questo libro fa per voi comunque.

Le avventure dei personaggi - descritte nei racconti - vi faranno compagnia in solitario ed anche in coppia, per cui a questo punto non resta altro che augurarvi...

Buona lettura.

LA NUOVA VICINA DEL PITTORE

Era una giornata assolata di fine giugno e stavo tornando (come ogni primo giovedì del mese) dall'emporio degli artisti all'angolo della strada, con le braccia cariche di scatole, tubetti di colore, pennelli ed un vecchio cavalletto di seconda mano su cui avevo messo gli occhi da parecchio tempo. Era piuttosto sghembo e macchiato, ma si sarebbe sposato perfettamente con il resto dell'arredamento e, in fondo, essendo il frutto di sudati risparmi, mi rendeva più che soddisfatto.

Faticai ad infilarmi nell'ascensore, carico di roba com'ero. Riuscivo a malapena a vedere ad un palmo dal naso. Mi chiusi alle spalle la porta dell'ascensore con un piede e cercai a tentoni il tasto del mio piano sulla pulsantiera. Sotto il giacchetto di pelle, che per malaugurata lungimiranza avevo deciso di indossare, iniziava a fare davvero caldo; sentivo le gocce di sudore colarmi lungo la schiena e, quando arrivai al quarto piano, già percepivo un'eco di crampo al braccio destro. Riuscii a venire fuori illeso da quel cubicolo di ascensore e sul pianerottolo, in equilibrio su una gamba, cercai di sfilare le chiavi di casa dalla tasca dei pantaloni. All'improvviso quello che mi sembrò un grosso gatto fulvo mi sfrecciò sul piede, rischiando di farmi capitolare giù per la tromba delle scale.

"Cazzo!" esclamai e, nel tentativo di reggermi al corrimano, lasciai cadere scatole e tubetti sul pavimento, in un fracasso che mi sembrò rimbombare per tutto il condominio. Per fortuna, ero riuscito a tenermi stretto almeno il cavalletto. Il gatto scomparve al piano di sopra, dopo avermi lanciato un'occhiata di scherno.

"La vecchia si è comprata un gatto, adesso?", pensai, mentre mi accingevo a raccogliere la mia roba da terra. "Se si è rotto qualcosa, stavolta mi sente." mugugnai.

Troppo preso dal mio disappunto, non feci caso lì per lì che la porta della vicina aveva uno zerbino nuovo di zecca e considerate le abitudini inviolabili dell'anziana signora Costa questo mi avrebbe dovuto lasciar riflettere non poco. Ad ogni modo, come un provetto equilibrista tornai a caricarmi tra le braccia il frutto di quelle spese mattutine e finalmente entrai in casa.

Posai pennelli e colori sul tavolo, poi - visto che morivo di fame - riempii d'acqua una pentola e la misi sul fuoco, mentre mi apprestavo a sostituire il vecchio cavalletto con quello nuovo accanto alla finestra. Sollevai la velina e si rivelò ai miei occhi un dipinto rimasto incompiuto: un nudo di donna, vista di tre quarti, seduta, che si passava una mano tra i capelli e con l'altra si accarezzava il seno, le gambe erano leggermente divaricate a mostrare l'accenno di una passerina bionda; sorrideva e guardava verso l'osservatore. Abbassai la velina e appoggiai il quadro a terra, accanto ad una serie di altri, dei quali si poteva intravedere lo stesso soggetto al di sotto delle coperture semitrasparenti. Dovetti sedermi sullo sgabello, sentivo il cuore pompare a fatica. Il ricordo di Sara mi passò nella mente come una meteora e mi fece male, come aveva continuato a fare sempre negli ultimi mesi. Mi ero voluto illudere che, da quando mi aveva lasciato, le cose sarebbero gradualmente migliorate; speravo che la sua assenza sarebbe diventata pian piano la normalità. Invece, non riuscivo a fare a meno di dipingere sempre lo stesso soggetto. Ogni mattina tornavo a ripensare a lei, al suo perfetto corpo nudo e la mia mano ripercorreva a memoria, con i pennelli, le sue forme. Le tele che la raffiguravano si andavano accatastando accanto alla finestra, continuando a riempire la casa di lei, dandomi la speranza che, così come io non riuscivo a dimenticarla, allo stesso modo lei non stesse dimenticando me. Poi invece provavo a scriverle e lei, puntualmente, non rispondeva mai ai miei messaggi. Così mi continuavo a rifugiare negli scambi di foto erotiche del nostro primo periodo; quando eravamo felici, quando scopavamo come due pazzi. Tirai fuori il cellulare dalla tasca e controllai la chat. Non mi stupii di non trovare messaggi da parte sua, eppure lo stomaco mi si strinse in un nodo strettissimo. Con un sospiro mi dedicai a sfogliare la galleria delle foto, come facevo ogni giorno. Davanti agli occhi mi scorsero le immagini delle sue tette, piene e morbide, nascoste da una vestaglietta semitrasparente; un breve video di lei che con due dita si tirava delicatamente i capezzoli fino a farseli inturgidire; il suo culetto sodo, tondo come una luna, diviso a metà da un tanga di pizzo, dove io (ogni volta che eravamo lontani) immaginavo di poter infilare il viso, di poter affondare le mani...

"Toto! Ehi micio!" Una voce mi distolse bruscamente dai miei pensieri. Sembrava provenire dal balcone di fronte, ma alzando gli occhi, piuttosto che trovarmi di fronte la signora Costa come suo solito intenta ad annaffiare le piante, incontrai la figura luminosa di una giovane ragazza bionda che non avevo mai visto prima. Non era molto alta, dal fisico minuto e dalla capigliatura bionda piuttosto spettinata, ma la cosa che mi colpì maggiormente in quel momento di lei, fu che non indossava i pantaloni e probabilmente nemmeno il reggiseno a giudicare dalle condizioni dei suoi capezzoli sotto la canottiera. Portava soltanto un paio di mutandine di cotone con il bordo di pizzo ed era scalza. Diedi un'occhiata di sfuggita, ma non potei fare a meno di notare la sua pelle bianchissima, i suoi seni piccoli e sodi e quei capezzolini dritti contro la stoffa della canottiera; la rotondità delle sue natiche, come sporgevano dalle mutandine quando si piegava, sollevando la gamba per cercare il gatto sul tetto della casa accanto. Mi ritrovai a sperare che l'elastico dell'intimo si spostasse di qualche centimetro per potere intravedere anche solo uno scorcio della sua farfallina, che di sicuro sarebbe stata perfettamente liscia e rosea.

"Andrea, ma che cazzo vai a pensare." bisbigliai tra me e me. "Capisco che non scopi da due anni, ma datti una calmata!" Mi accorsi di essermi sporto in avanti con il busto. Se la ragazza si fosse girata, mi avrebbe visto di sicuro e non volevo fare la parte del vicino pervertito, per cui mi nascosi dietro la tenda della finestra. Tastandomi il cavallo dei pantaloni, dovetti notare un certo irrigidimento del mio martello, ma al momento preferii darne la colpa alle foto di Sara che avevo appena riguardato.

"Micio! Dove ti sei cacciato!" continuava ad urlare la ragazza.

Fui costretto a distogliere l'attenzione, perché l'acqua che avevo messo sul fornello stava strabordando dal pentolino. Mi precipitai ad abbassare la fiamma e, per raffreddare un po' i pensieri, decisi di dedicarmi a preparare il pranzo. Quando tornai alla finestra, con un piatto di spaghetti al pomodoro e basilico fumanti in mano, la ragazza era tornata in casa e potevo intravederla ogni tanto fare avanti e indietro per la cucina. "Meglio così, i nuovi vicini di solito portano solo guai.", pensai. Ancora non sapevo che i "guai" non erano nemmeno iniziati.

Quello stesso pomeriggio, mentre mi accingevo ad iniziare l'ennesimo ritratto di Sara, ricordandone a memoria ogni linea, ogni tratto, ogni espressione, sentii bussare alla porta di casa. Inizialmente intenzionato ad ignorare qualsiasi fonte di distrazione, continuai a dipingere, lasciandomi cullare dalla luce del tramonto che penetrava dalla finestra aperta. Alla porta, però, continuavano a bussare. Decisi quindi che mi sarei sbrigato quella scocciatura in un attimo. Quando aprii, mi ritrovai sulla soglia la mia nuova vicina di casa. Indossava i pantaloni, questa volta, un paio di shorts cortissimi che le lasciavano comunque scoperti gran parte dei glutei e sopra, invece, portava la stessa canottiera dalle spalline sottili che le sottolineava prepotentemente i capezzoli. Deglutii.

"Ciao" disse lei, sorridendo. "Scusami se ti disturbo, non ci siamo ancora presentati, sono arrivata ieri. Mi chiamo Elisa, abito qui di fianco." continuò. La spallina destra continuava a scivolarle lungo il braccio e lei se la riportava su con la mano, obbligandomi ad un incredibile sforzo di volontà per non indirizzare, ogni volta, lo sguardo ai suoi capezzoli.

"Sì, mi chiamo Andrea" balbettai.

"Non è che per caso hai visto in giro un gatto fulvo? È grosso, con la coda lunga. Lo so, sono qui da due giorni e ho già fatto casino..." scoppiò a ridere. Aveva una risata da ragazzina, ma i lineamenti del suo volto, la profondità degli occhi, le labbra carnose, tutto lasciava ad intendere che fosse molto più adulta di quanto il suo aspetto dava a vedere.

"Per poco non mi buttava giù dalle scale stamattina." risposi. Elisa sembrò seriamente mortificata. Entrambe le spalline le scivolarono sulle braccia, rivelando pericolosamente le linee dei suoi seni, ma lei non sembrò accorgersene o almeno non fece nulla per nasconderle.

"Oddio, ma sei serio? Ti sei fatto male? Non sai quanto mi dispiace!"

"No, no, tranquilla. Sto bene."

"Dico sul serio, non posso attentare alla vita del mio vicino già il primo giorno..." continuò lei, afferrandomi il braccio. "Ci sarà pure qualcosa che posso fare per scusarmi."

Io ci riflettei per un attimo, mentre lei mi fissava mordendosi il labbro sovrappensiero. In realtà, un'idea mi viaggiava nella mente già da un po', ma non volevo darle ascolto, per cui cercavo di prendere tempo per farmene venire in mente un'altra. Avrei potuto proporre un semplice caffè, in fin dei conti sarebbe stato un gesto simbolico. D'un tratto, però, un sussulto di Elisa mi strattonò fuori dalle mie incertezze.

"Toto, fermati!" urlò, dirigendosi di corsa dentro casa. Tutto ciò che riuscii a vedere fu una palla di pelo rosso fuoco che si dirigeva verso il mio nuovo cavalletto. Con uno scatto fulmineo, aggirai il tavolo della cucina e lo afferrai al volo. Il gatto tentò di divincolarsi, ma lo tenevo ben stretto. Lo riconsegnai alla sua padrona, che intanto si stava guardando in giro, soffermandosi in particolar modo sui miei attrezzi da lavoro.

"Ma sei un pittore!" esclamò, estasiata.

"Così pare" mugugnai in risposta.

"E di cosa ti occupi? Paesaggi? Nature morte? Ritratti?" continuò, avvicinandosi alle tele poggiate al muro accanto alla finestra. Io cercai di fermarla, ma

Elisa sollevò una velina prima che riuscissi ad impedirglielo.

"Nudi femminili, perlopiù. Anche se spesso lavoro su commissione." sospirai.

Elisa rimase in silenzio. Li osservò ad uno ad uno con la fronte corrugata. Poi si voltò a guardarmi e negli occhi aveva uno sguardo particolare, che non seppi decifrare subito.

"Sono spettacolari, Andrea. Sono davvero bellissimi." sussurrò. Poi mi si avvicinò, camminando piano. "Sono sesso puro, ma non in maniera banale. È come se avessi saputo cogliere l'essenza erotica di questa persona. Li trovo davvero... eccitanti." aggiunse e mi guardò dritto negli occhi. "Credo che nessuno abbia mai guardato me come tu hai guardato questa donna, sai? Deve essere davvero fortunata." Rimase a fissarmi per qualche istante ad una distanza molto ravvicinata, tanto che potevo sentire l'odore del suo respiro che sapeva di menta piperita e, molto in lontananza, di nicotina. Io mi schiarii la voce e mi allontanai, cercando di sistemarmi i pantaloni che, all'altezza del cavallo, iniziavano un'altra volta a starmi stretti.

"Non credo che si senta fortunata come dici. Ma comunque... Lo apprezzo davvero." dissi tentando di dirigermi verso la porta. Elisa rimase ferma dov'era.

"Voglio che tu mi faccia il ritratto." esclamò. "Come ringraziamento per aver ritrovato il mio gatto. Ovviamente ti pago, altrimenti che ringraziamento sarebbe..." Elisa mi strizzò l'occhio e, senza nemmeno lasciarmi il tempo di rispondere, mi si avvicinò per posarmi un bacio leggerissimo sulla guancia. Sentii il suo corpo appoggiarsi contro il mio e provai l'istinto di stringerla a me con forza, per annusare i suoi capelli, per assaggiare la sua pelle, per infilare le mani sotto la canottiera e poter finalmente sfiorare quei capezzoli con le dita. Anche se l'unica cosa che davvero speravo in quel momento era che Elisa non si fosse accorta della mia granitica erezione.

Il giorno seguente, di primo mattino, Elisa si presentò davanti alla porta di casa come promesso. Io mi ero debitamente fatto una doccia gelata, per prepararmi a quella che sarebbe stata una mattinata alquanto difficile. Sulla soglia, Elisa mi sventolò davanti un sacchetto di carta ed un thermos.

"Ho portato la colazione!" esclamò.

"Davvero gentile... da parte tua" mormorai. L'immediata gratitudine per il suo gesto, mi aveva quasi fatto passare inosservato il fatto che la ragazza indossava un paio di scarpe rosse con il tacco a spillo e una vestaglia a kimono di seta legata in vita. Sotto immaginai che non stesse indossando né il reggiseno né le mutandine. I capelli erano meno arruffati del giorno in cui l'avevo conosciuta e forse sul viso aveva messo un filo di trucco, ma era talmente leggero che si notava appena e la cosa, a dire la verità non mi dispiaceva: il viso così pulito metteva in risalto i suoi occhi scuri che, non so perché, ma mi davano l'idea di una mente sessualmente disinibita. "Andrea, falla finita. Siete qui per lavorare", pensai. Elisa mi precedette in casa ed io, con un sospiro, la seguii, chiudendomi la porta alle spalle. Mentre la indirizzavo verso la stanza di posa, non potei fare a meno di osservare le sue natiche danzare ad ogni passo.

"Ma è stupenda!" esclamò Elisa, entrando nella stanza di posa. In realtà era una stanza piuttosto semplice, non molto grande, ma ben illuminata, con una lunga finestra sul lato esposto al sole, con un materasso e - a poca distanza - il cavalletto con lo sgabello, che avevo spostato dalla cucina per l'occasione, ma lei sembrava appassionarsi con poco.

"Intanto trova una posizione comoda." dissi, sistemandomi sullo sgabello e tirando fuori ad uno ad uno i miei attrezzi del mestiere. "Sappi che dovrai restarci per un po', quindi che sia comoda comoda."

"Però deve essere anche sexy..." ribatté lei.

"Per quello non c'è problema, stai tranquilla. E comunque adesso siamo ancora alla fase dello schizzo, possiamo anche cambiarne più d'una. Non c'è nemmeno bisogno che ti spo..." la mia visuale era coperta dal cavalletto ed ero troppo impegnato a sistemare matite, carboncini e colori per rendermi conto che Elisa si era già stesa, nuda, sul materasso. Cercai di dissimulare la mia sorpresa e mascherai il profondo desiderio che cresceva sempre di più verso di lei, osservando il suo corpo con una perizia quasi maniacale.

"Andrea, tutto bene?" mi chiese lei, nel tentativo di nascondere un piccolo sorriso.

"Ehm, si si. Certo. Tu stai bene? Hai freddo?"

"Sto benissimo. Io adoro stare nuda."

Non mi sorprendeva. Se ne stava sdraiata su un

fianco, con la testa appoggiata sul palmo della mano, senza mostrare la minima vergogna, anzi, come se in qualche modo godesse nell'essere guardata. Le sue tette erano esattamente come le avevo immaginate, piccole, ma sode, come delle piccole mele e i capezzoli dritti e scuri, pronti per essere leccati e mordicchiati. La linea dolce del fianco portava ad una fichetta che intravedevo da davanti, ma che sembrava completamente depilata e che immaginavo essere dolce e stretta; poi le gambe dalla pelle bianca e soffice al tatto. Iniziai a buttare giù degli schizzi ed era come se la mia mano fosse posseduta da una forza che era al di fuori di me. Ogni tanto le chiedevo di cambiare posizione; tornavo a guardarla, la osservavo di nuovo, scoprivo altre angolazioni di lei e la mia mano ripartiva sulla tela, con un carboncino o una sanguigna e ogni volta il mio cazzo era sempre più duro. Ogni tanto si passava le mani tra i capelli o si accarezzava i fianchi e tutte le volte che mi trovavo ad osservare il suo volto, mi accorgevo che mi fissava dritto negli occhi.

Controllai l'orologio e mi accorsi che erano già passate un paio d'ore da quanto avevamo iniziato la sessione di disegno. Io ero già allo stremo delle forze. Osservai il foglio davanti a me e lo trovai pieno di schizzi vividi. Elisa mi fissava non solo in carne ed ossa a pochi passi da me, ma anche dalla carta, voluttuosa, sensuale, vibrante di carica erotica. Sentivo una voglia prepotente di masturbarmi, di raggiungerla sul materasso, piegarla in avanti, aprirle le gambe ed affondare il viso nella sua fica immacolata che speravo fosse bollente tanto quanto il mio membro in quel momento. Strizzai gli occhi per scacciare quelle immagini e riposi con cura i miei attrezzi al loro posto.

"Allora?" la voce di Elisa mi risvegliò da quel torpore eccitato "come sta venendo?"

"Beh, siamo ancora all'inizio, ma direi che procediamo bene." risposi. Sentivo la gola secca. Il rumore dei suoi tacchi sul pavimento mi arrivò alle orecchie e dopo poco me la ritrovai accanto, con la vestaglia che le ricadeva morbida sulle spalle, aperta sul davanti. Potevo sentire il profumo della sua pelle, l'odore dolce della sua fica ad un palmo dal mio naso. Elisa si piegò sopra la mia spalla per osservare il lavoro ed io potei sentire il suo seno aderire su di me. Coprii in fretta gli schizzi.

"Non ancora. Te lo farò vedere quando sarà finito. Deformazione professionale, non te la prendere." bisbigliai, nel tentativo di nascondere il tremolio eccitato della mia voce. Elisa finse di mettere il broncio e si allacciò la vestaglia. Poi mi accarezzò la testa.

"D'accordo, allora ci vediamo domani!"

Io risposi con un cenno affermativo della testa e l'accompagnai alla porta.

"È stato molto bello. Non vedo l'ora di fare la prossima seduta." mi disse prima di andarsene. Poi si dileguò sull'uscio di casa sua. Io chiusi la porta e rimasi per qualche istante con la fronte appoggiata allo stipite, respirando a fatica.

Elisa era andata via da poco più di un'ora ed io avevo optato per un ulteriore doccia gelata. Mentre l'acqua mi scorreva addosso, avevo riflettuto a lungo. In fin dei conti eravamo due individui grandi e vaccinati e non c'era nulla di male a provare dell'attrazione fisica nei confronti di una ragazza giovane e bella. Poi quando ero uscito e mi ero guardato nudo davanti allo specchio, con il mio fisico da trentaquattrenne brizzolato, con la barba incolta, le occhiaie profonde e un accenno di pancetta, mi ero detto che l'unico dubbio che sussisteva era se lei potesse provare la stessa attrazione verso di me. La verità era che mi sentivo un derelitto. Così, mi ero infilato un paio di pantaloni da ginnastica sdruciti e mi ero trascinato in cucina per prepararmi il pranzo, con i capelli ancora gocciolanti.

L'idea di rimettermi in gioco con una donna dopo due anni dalla fine della storia con Sara mi terrorizzava. Poi, tutto d'un tratto, mentre ero intento a macerarmi in pensieri autolesionisti e a tagliare a rondelle un paio di zucchine, mi parve di sentire dei rumori provenienti dal balcone di fronte. All'inizio li scambiai per leggeri sospiri. Solo ascoltando con più attenzione mi accorsi che erano ansimi trattenuti. Restai congelato all'idea che potesse trattarsi di ciò che pensavo. Abbandonai le zucchine e mi avvicinai di soppiatto alla finestra. Mi sporsi per poter sbirciare oltre la tenda, senza essere visto. Da una parte potevo vedere la cucina di Elisa ed il suo balcone – entrambi vuoti – dall'altra la sua camera da letto. Ne scorgevo una visuale piuttosto ampia, visto che – a quanto pareva - non si era ancora decisa a mettere le tende. Si intravedevano uno stralcio di scrivania addossata al muro, qualche scatolone, un letto colorato e, sdraiata sul letto, Elisa: si doveva essere liberata della vestaglia e aveva indossato la solita canottiera, che ora era abbassata fino a metà busto, a scoprire il seno. Le mutandine con il bordo di pizzo erano calate alle caviglie. Con una mano si tormentava il capezzolo del seno sinistro, se lo strofinava, lo tirava, leccava voluttuosamente le dita e poi tornava a rotearlo tra le dita, mentre un'espressione di piacere mista a sofferenza le si dipingeva sul viso. Contemplai quella visione ad occhi spalancati, senza riuscire a distogliere subito lo sguardo dalle sue guance arrossate di piacere. Il mio flauto ci mise un secondo a gonfiarsi. Seguii con lo sguardo il percorso della mano di Elisa, mentre si accarezzava la pancia, fino all'inguine, per poi spalancarsi le labbra di quella sua farfallina morbida. Si morse il labbro per non ansimare troppo forte quando le dita sfiorarono il clitoride. Poi continuò con dei movimenti circolari sempre più veloci, gettando la testa all'indietro. Io ero piuttosto lontano, ma mi convinsi di essere riuscito a vedere i suoi umori colare sul materasso, tanto era bagnata, e avrei tanto voluto essere sotto di lei per poterli raccogliere con la lingua. Elisa si portò una mano alla bocca, si succhiò due dita, stringendosi con forza il seno nell'altra mano, e poi iniziò a penetrarsi vigorosamente, spalancando gli occhi come se fosse stata colta alla sprovvista da un piacere intenso. Al limite della sopportazione, decisi di abbassarmi i pantaloni della tuta e di condividere quel momento di masturbazione, sebbene in lontananza. Presi in mano il mio arnese, ormai del tutto marmoreo e, sentendone il calore contro il palmo, immaginai di poterlo infilare nella bocca di Elisa, immaginai che quel piacere che stavo provando era quello provocato dalla sua lingua e dalle sue labbra sulla mia pelle. Socchiusi gli occhi, lasciandomi cullare dagli ansimi sempre più forti di Elisa e da quelli che cercavo di sopprimere nella mia gola. Mi ci volle poco per arrivare al limite, sentivo di stare lì lì per venire, anche Elisa faceva sempre più fatica a contenere i gemiti e questo non faceva che aumentare la mia eccitazione - non so cosa avrei dato in quel momento per sentirla gemere sul mio cazzo -. Quando, tutto ad un tratto, il mio cellulare, che avevo lasciato sul tavolo della cucina, iniziò a squillare a tutto volume. Io mi interruppi di scatto, riparandomi dietro all'anta della finestra e intravidi anche Elisa sobbalzare sul letto, come per il timore che qualcuno l'avesse vista. Mi rialzai i pantaloni, con evidenti difficoltà e tentai di prendere il cellulare, senza farmi vedere. Nel frattempo riuscii a vedere che anche Elisa si era rivestita e, guardando fisso verso il balcone di casa mia, si era poi dileguata in un'altra stanza. Frustrato per l'incompiutezza di quella situazione, controllai il numero sul display e rimasi di stucco nel leggere il nome di Sara.

Il giorno seguente, quando Elisa venne a bussare per la nostra seconda seduta di posa, mi trovai ad aprire la porta in uno stato di evidente imbarazzo.

"Ehi" esordì lei, con il solito sorriso luminoso. Indossava la vestaglia e mi tendeva, come il giorno prima, un sacchetto e un thermos di caffè bollente.

"Ciao" risposi. Il mio tono le sarà dovuto sembrare piuttosto schivo.

"Va tutto bene?" chiese, infatti.

"Sì, sì. È che non ho dormito bene. Tu?" cercai di sondare, in tono innocente.

"Alla grande"

Mi sembrò di notare uno sguardo indagatore sul suo volto, ma mi convinsi di essermelo solo immaginato, così come probabilmente mi immaginai il fatto che, per oltrepassarmi, mi sfiorò il bacino con la mano. Tentare di ignorare il brivido che mi percorse tutto il corpo fu inutile. Mi preparai ad un'altra mattinata difficile come la precedente. Ci sistemammo entrambi nella sala di posa, io dietro il cavalletto e lei sul materasso. Si spogliò con una lentezza esasperante, come se volesse lasciarmi contemplare ogni angolo del suo corpo. Poi si distese, con le gambe aperte rivolte verso di me. Potevo vedere chiaramente la sua fica aperta e bagnata, come un chiaro invito a prenderla lì, sul momento. Io rimasi impassibile, finsi di essere troppo concentrato a mettere in ordine i miei strumenti, ma dentro di me si agitava una bufera.

"Posso farti una domanda?" chiese. Il suo tono era calmo, la voce calda.

"Ma certo" risposi.

"Non ti capita mai di eccitarti durante uno dei tuoi lavori?"

La sua domanda così diretta mi lasciò di stucco.

"Non ti seguo..."

"Insomma, dipingi donne bellissime, nude. Non ti è mai capitato che ti venisse duro?"

"Beh ecco..."

"O che, al contrario, ad una delle donne a cui stavi facendo il ritratto venisse voglia di masturbarsi? Alla fine sono istinti naturali."

"Immagino di sì..."

"Quindi?"

I pensieri mi rimbalzavano in testa come impazziti e la salivazione mi si era azzerata. Fingevo di far correre il carboncino sulla carta, ma non stavo disegnando nulla. La mia testa era una tavola completamente vuota.

"No, direi che... insomma. Non mi è mai capitato." sentenziai.

"Mai prima d'ora" disse lei e sentii che stava sorridendo.

"Certo, mai prima d'ora." mi schiarii la voce, cercando nella mia mente un appiglio per deviare da quegli argomenti pericolosi.

"Che faresti se succedesse?" continuò lei, imperterrita.

"Io... non saprei. Immagino che... che, non lo so."

Elisa scoppiò a ridere. Io distolsi lo sguardo dalla carta e mi sporsi per capire il motivo di quella risata. La vidi che si infilava lentamente un dito nella fica, poi lo tirava fuori e, mordendosi il labbro in un'espressione di piacere trattenuto, lo infilava di nuovo dentro. Quando si accorse che la stavo guardando se lo leccò e, aprendo le gambe, con due dita si spalancò le labbra di quella fichetta che – vista da vicino – era ancora più succosa e rosea di come l'avevo immaginata.

"Andrea, leccami." sussurrò.

Dietro quel richiamo così diretto, tutte le mie difese crollarono e io mi precipitai su di lei. Mi inginocchiai davanti alle sue gambe, le afferrai le cosce con le mani e, tirandola a me – quasi sollevandola da terra – tuffai il viso nella sua fica. Succhiai il suo clitoride, leccai i suoi umori, la penetrai con la lingua, sentendola muoversi e fremere contro la mia bocca e aggrapparsi ai miei capelli.

"Puoi urlare qui, non ti sente nessuno" le dissi, sentendo che si sforzava di trattenere i gemiti. Elisa sollevò lo sguardo su di me, con un sorriso.

"Allora mi hai vista ieri. Lo sapevo!" ansimò, aggrappandosi alla mia schiena. Poi mi prese il viso e spinse prepotentemente la lingua nella mia bocca. I nostri fluidi si intrecciarono.

"È così eccitante sentire il mio sapore su di te..." mi mormorò, a fior di labbra, mentre mi slacciava freneticamente i pantaloni. Mi fece cadere di schiena sul materasso e mi spogliò completamente. Si inginocchiò tra le mie gambe e, senza togliermi gli occhi di dosso, mi iniziò a leccare i testicoli. Io sentii una scossa elettrica paralizzarmi il corpo. Elisa me li succhiò avidamente, mentre faceva scorrere la sua piccola mano sulla mia verga eretta.

"Lo sai che pensavo al tuo cazzo, mentre mi masturbavo ieri?" bisbigliò lei. Questo mi fece indurire ancora di più e lei, sentendolo gonfiarsi tra le mani scoppiò a ridere. Lasciò colare un rivolo di saliva sulla punta del mio bastone, poi accarezzò con la punta della lingua intorno alla cappella, procurandomi un piacere sottile come un capello. Continuando a masturbarmi con una mano e a massaggiarmi i testicoli con l'altra, me lo prese tutto in bocca; riuscii a sentire la sua gola che si dilatava ed io, posandole una mano sui capelli, credetti di morire dal piacere. Percepivo le sue labbra carnose e morbide sulla mia asta e la lingua che si muoveva sapiente. Persi il controllo della mia voce ed iniziai ad ansimare. Quando stavo per venire lei si fermò, mi salì sopra a cavalcioni e cominciò a strusciarsi su di me. Potevo sentire la sua fica fradicia e bollente. Si lasciò cadere sul mio petto ed io le baciai il collo, le succhiai i capezzoli, le morsi le labbra.

"Ti prego, scopami!" mi supplicò, sollevando il bacino "Voglio sentirti dentro di me". Io afferrai il mio bastone, ormai completamente zuppo dei suoi umori e lo strofinai sulla sua fichetta stretta e pulsante. Non vedevo l'ora di infilarlo, avrei voluto sbatterglielo dentro in un solo colpo, ma preferii inserirlo lentamente, per percepire ogni singolo centimetro di quella fica così incredibilmente stretta e morbida che mi stava facendo impazzire. Elisa si aggrappò al lenzuolo e mi morse la spalla, muovendo il bacino avanti e indietro per farmi entrare in lei fino in fondo.

"Cazzo, lo sento tutto" sussurrò, con il viso distorto in un'espressione di piacere mista a sofferenza. Poi si tirò a sedere su di me, i capelli scomposti e sudati, le tette che le ballavano sul petto; io le afferrai tra le mani e gliele strizzai. Elisa posò le mani sulle mie, incoraggiandomi a stringere più forte. Intanto mi cavalcava senza pietà, prima piano, poi sempre più forsennatamente, ansimando e gemendo. La testa gettata all'indietro, i capelli scomposti, il viso arrossato. Il rumore del suo bacino contro il mio rimbombava nello studio, così come i nostri versi di piacere. La sensazione della mia verga dura, stretta nella sua fica, era come un'estasi di piacere. Mi aggrappai con una mano alle sue natiche e la sculacciai, fino a lasciarle un segno rosso, incandescente. La vidi sussultare, con un un sorriso. Elisa si piegò all'indietro, affondando le mani nel materasso e, mentre continuava a cavalcarmi con violenza, mi prese una mano e se la portò sulla clitoride.

"Toccami. Fammi squirtare..." ansimò. Non me lo feci ripetere due volte. Iniziai a strofinarle la clitoride con forza, velocemente. La sentivo gonfia, bagnata sotto le mie dita, avrei voluto leccarla ancora, stringerla tra le mie labbra e dissetarmi dei suoi umori. Con un gemito prolungato mi avvisò dell'intensissimo orgasmo in arrivo. Contrasse ogni muscolo del corpo ed io percepii le pareti della sua passerina stretta avvolgermi il cazzo in una morsa che mi fece mancare il respiro dal piacere. Un getto di squirt quasi me lo spinse fuori dalla sua vagina e mi inzuppò completamente. Se possibile era ancora più duro. Tornai a masturbarla, volevo farla venire di nuovo. La feci squirtare ancora e ancora. Volevo che mi implorasse di fermarmi. Le mie mani, i miei testicoli, il mio busto... ero completamente zuppo di lei; qualche goccia mi era arrivata persino al viso. Elisa continuava a godere sonoramente e mi guardava con occhi infuocati; così come era bollente la sua passera. Ogni volta che mi squirtava addosso la mia asta si induriva sempre di più.

"Sto venendo, sto venendo, Elisa, sto venendo!" gridai. Lei scattò prontamente all'indietro, si accucciò tra le mie gambe e, guardandomi fisso negli occhi, prese tutto il mio sperma in bocca. Ingoiò tutto fino all'ultima goccia, con un sorriso malizioso. Poi si venne a stendere sul materasso accanto a me. Eravamo entrambi stremati. Ci guardammo e ci venne spontaneo di scoppiare a ridere.

"Non sei proprio il mago dei corteggiamenti, posso dire?" mi schernì lei.

"Non posso darti torto. È che non volevo fare la figura del pervertito." risposi, parlando a fatica, per il fiatone.

"Guarda che non ho mica sedici anni. E poi sei molto più sexy di quanto pensi. Te l'ho detto, quella che ti ha mollato è una vera cretina." aggiunse Elisa.

"Dici?"

"Dico." sentenziò. Poi mi stampò un bacio delicato sulla guancia e si alzò dal materasso. "Ti dispiace se mi faccio una doccia?" chiese poi.

"No, no. Fai pure, il bagno è appena esci sulla destra."

Quando uscì, controllai l'orologio. Erano passate quasi tre ore da quando avevamo iniziato la nostra seduta di posa. Nella stanza, la luce del sole entrava copiosa e si respirava un forte forte odore di sesso e colori per disegnare. Inoltre, da quando Elisa era uscita dalla stanza, sentivo anche l'odore della sua pelle, come se se lo fosse lasciato alle spalle camminando. Rimasi per qualche istante sdraiato sul materasso, nudo, a lasciarmi riscaldare dalla luce del sole e ad ascoltare lo scrosciare dell'acqua della doccia. Poi mi alzai, di sfuggita diedi uno sguardo agli schizzi appesi al cavalletto e ne fui piuttosto soddisfatto. Presi il cellulare dalla tasca dei pantaloni e cercai, tra i messaggi, la conversazione con Sara. L'ultimo messaggio che mi aveva mandato e al quale non avevo risposto, risaliva al giorno prima. Diceva: "Perché non mi rispondi?". Ci pensai bene. Poi sentii Elisa cantare spensierata sotto la doccia e decisi che, a prescindere da come sarebbero andate le cose, quella era la cosa giusta da fare. Cancellai tutto, foto comprese.

LEZIONI DI TANGO

"Buonasera Diego" la segretaria della scuola di ballo mi salutò, sbattendo le ciglia e sporgendosi sul ripiano della scrivania. Con un sorriso malizioso, mi lasciò intravedere il contorno di pizzo del suo reggiseno.

"Buonasera a te, Caterina." risposi, sorridendole di rimando. Era diventata una tradizione, ormai, tra noi due, quel flirt neanche troppo velato che, da quasi quattro anni che lavoravo lì non aveva mai portato a nient'altro se non a qualche occhiata e a una mano che ogni tanto le lasciavo scivolare sulle natiche prosperose, al riparo da sguardi indiscreti. Le strizzai l'occhio e mi diressi a passi decisi verso lo spogliatoio degli insegnanti. Mancava mezz'ora all'inizio della lezione; eppure, passando di sfuggita di fianco alla porta della sala da ballo, intravidi un paio di coppie già in trepida attesa del mio arrivo.

"Iniziate a ripassare le coreografie. Io mi cambio e vi raggiungo." esclamai, facendo capolino sulla soglia.

Le due donne sobbalzarono, colte di sorpresa, e si sistemarono furtivamente i capelli.

"Lo stiamo già facendo, sono loro che battono la fiacca!" rispose una delle due, riferendosi ai loro accompagnatori di sesso maschile.

"Per questo siete le mie preferite... ma non ditelo alle altre" sussurrai e, godendomi le loro espressioni di imbarazzo quasi adolescenziale, mi dileguai nel corridoio con un sorriso soddisfatto. Nel tepore dello spogliatoio, mi liberai di jeans e maglietta e rimirai nello specchio il frutto di anni di allenamento: gambe dritte come fusi, tornite e solide, un culo marmoreo di cui andavo particolarmente fiero, addominali finemente cesellati, un paio di pettorali svettanti e una schiena che sembrava scolpita nella pietra. Non ero stato sempre così vanesio, anzi, avevo alle spalle un trascorso da ragazzino gracile e denutrito. A lungo ero stato ignorato dalle donne per via del mio torace incavato e delle mie gambette sottili. Poi la scoperta del tango mi aveva cambiato la vita. Ore ed ore di allenamento intensivo avevano trasformato il mio corpo in uno strumento di perfezione muscolare. Ero diventato tonico, scattante, sinuoso e – soprattutto - incredibilmente sicuro del mio fascino. Mi bastava muovere il bacino per creare una sorta di tensione elettrostatica capace di inzuppare le mutandine di tutte le mie allieve, che avessero venti o cinquant'anni. Inutile dirlo, questa cosa mi eccitava da morire. Sapere di avere in pugno un'intera classe donne, proprio di fronte ai loro accompagnatori (mariti, fidanzati o amanti che fossero), perlopiù evidentemente consapevoli di non poter competere con il sottoscritto, me lo faceva diventare duro ad ogni lezione.

Controllai l'orologio e mi accorsi che, perso nel tumulto dei miei pensieri, avrei rischiato di arrivare in ritardo. Mi infilai di corsa nella tenuta da tanguero, calzai le scarpe da ballo e sbattei un paio di volte le suole a terra: adoravo sentire il suono dei tacchetti sul pavimento di legno. Afferrai dalla sacca l'asciugamano e la borraccia e, passando di volata davanti allo specchio, mi allisciai i capelli all'indietro, lasciando che i ricci scuri mi ricadessero dietro le spalle. Poi mi diressi in fretta verso la sala da ballo.

"Buonasera signore e buonasera signori. Spero siate pronti per un'altra incredibile sessione di fuoco argentino..." esclamai, scandagliando una ad una le mie allieve. Risposero tutti con un grido di approvazione e, mentre mi apprestavo ad accendere lo stereo, potei avvertire un fremito di eccitazione sollevarsi nella sala. Un ritmo argentino si diffuse nella stanza, planando vellutato su di noi. Io mi aggiravo tra le coppie, osservando i movimenti, correggendo le posture, approfittando della concentrazione degli allievi per sfiorare i corpi.

"Più morbido il movimento, Valentina." sussurrai, accostandomi ad una rossa a dir poco focosa che stringeva le braccia attorno al busto del marito. Mi posizionai alle sue spalle, esercitando una leggera pressione con il bacino contro il suo culetto sodo. Le afferrai i fianchi e, in un movimento sinuoso, lasciai che le sue natiche strusciassero contro i miei lombi.

"Così... capito?" le chiesi, in un sussurro a voce roca. Valentina mi lanciò uno sguardo di sottecchi, nascondendo un sorriso, e annuì con un lieve cenno del capo. A ritmo di tango, mi spostai verso un'altra coppia di ballerini.

"Vai alla grande, Guido!" gridai, per sovrastare il volume della musica. "Ma sii più deciso nel giro. Ti faccio vedere" gli feci cenno di spostarsi e mi esibii in un profondo baciamano, posando delicatamente le labbra sulla pelle delicata di Dalia, una moretta prosperosa e timida che ritirò subito la mano e arrossì fino all'ultima efelide. Senza neanche darle il tempo di parlare, la feci roteare su se stessa e la attirai energicamente contro il mio petto; poi, nel sollevarle la gamba all'altezza del mio fianco, affondai le dita nella carne morbida della sua coscia. I nostri visi erano così vicini che potevo quasi sentire il sapore delle sue labbra. Dalia respirava affannosamente e dal calore che percepivo attraverso i suoi pantaloni da ginnastica, capii che doveva essere anche parecchio eccitata.

"Facciamo stasera alle undici?" le sussurrai in un orecchio. La sentii rabbrividire e spingendomi via - prima di tornare da Guido – la vidi annuire con un cenno del capo appena accennato.

"Capito che intendo, Guido? Un po' più di passione." esclamai, assestandogli una pacca sulla spalla; e mentre lui mi ringraziava, io ero ancora troppo intento a gustarmi il calore della fica della sua fidanzata sul cavallo dei pantaloni, per potergli prestare attenzione. Gli sorrisi, sovrappensiero, e mi allontanai dalla pista. I pantaloni da tanguero erano comodissimi sotto ogni punto di vista, ma di certo non per nascondere la solida erezione che le immagini di me e Dalia che scopavamo in quella stessa sala da ballo qualche sera prima avevano causato. Ripensai alla stanza vuota, alla musica, le mie mani tra i suoi riccioli neri, lei piegata a novanta, il vestito a fiorellini tirato su fino in vita, le gambe divaricate, la mia asta durissima che affondava dentro di lei con forza e alla sua mano che si strofinava quella sua bella passera fradicia. Le sue urla di piacere mi riecheggiavano ancora nelle orecchie. Da un visino così tenero non mi sarei mai aspettato tanta disinibizione. Cercai di mettere a tacere quei ricordi per concentrarmi sulla lezione, aggrappandomi all'idea che quella sera mi avrebbe aspettato un incontro molto simile al precedente. Fortunatamente il suo compagno lavorava di notte e non era poi così difficile, per lei, trovare un modo in cui sgattaiolare da me, senza farsi scoprire.

"State andando alla grande!" gridai. Mi stavo accingendo a cambiare traccia nello stereo, per insegnare delle nuove figure da aggiungere alla coreografia, quando la porta della sala si aprì all'improvviso. Mi voltai di scatto, sorpreso da quell'entrata ad effetto, e vidi sulla soglia un uomo massiccio sulla quarantina, moro con un paio di grossi occhiali calzati sul naso, accompagnato da una donna. Lì per lì non avrei saputo come descriverla. Aveva un aspetto piuttosto comune, alta, castana, portava i capelli legati in una coda che le ricadeva sulla schiena, occhi chiarissimi, labbra sottili e un fisico asciutto, con due tette rotonde come piccoli meloni. "Con un marito così, ci metto tre secondi a conquistarla.", pensai.

"Scusate! Siamo in ritardo, vero?" esclamò lei, in evidente imbarazzo.

"Direi di sì, la lezione è iniziata già da mezz'ora..." risposi, indicando l'orologio a muro che segnava già le sei e mezza. Finsi durezza.

"Abbiamo trovato traffico" sentenziò il marito, in tono tranquillo.

"Sono davvero mortificata. Possiamo tornare la prossima volta..." aggiunse lei. Io mi avvicinai a passi lenti, esibendo il sorriso più ammaliatore che sapessi fare e allungai una mano al marito per presentarmi.

"Mi chiamo Diego." dissi.

"Fabrizio... e lei è Giorgia..." rispose quello, scrutandomi da capo a piedi. Io distolsi subito l'attenzione da lui e mi chinai a baciare la mano di sua moglie.

"Un immenso piacere, señorita." mormorai, tenendo lo sguardo dritto nel suo. I nostri sguardi si incrociarono per un istante, poi Giorgia scoppiò a ridere.

"Sarebbe señora, in realtà... visto che sono sposata. Ma grazie del complimento." Giorgia prese per mano suo marito e mi oltrepassò per andare ad unirsi alle altre coppie che assiepavano la sala da ballo. Quella sua apparente indifferenza ad un tentativo di approccio che da quattro anni a quella parte, ormai, non mi aveva mai tradito, mi lasciò addosso un forte senso di frustrazione. Tornai davanti allo specchio; passando, sentii afferrarmi il sedere con forza e, nel riflesso dello specchio, vidi Valentina mordicchiarsi il labbro, mentre si disegnava dei minuscoli cerchietti intorno al capezzolo da sopra la canottiera attillata. In qualsiasi altra occasione, la cosa mi avrebbe molto eccitato, ma in quel momento non riuscivo a distogliere la mente né lo sguardo dalla nuova arrivata che, per qualche inspiegabile motivo, sembrava non gradire le mie avances e io mi ripromisi che avrei scoperto come ribaltare la situazione.

Non riuscii a concentrarmi per tutta la lezione, continuavo ad osservare Giorgia; quella donna che mi era apparsa così insignificante, semplicemente l'ennesima spunta da aggiungere alla mia lista, ora mi appariva sotto una luce diversa. Non che fosse dotata di caratteristiche straordinarie, anzi, a ballare era un vero e proprio disastro. Suo marito non faceva altro che inciampare nei suoi piedi e imprecare a denti stretti, ma i suoi occhi avevano una luce particolare, come se nascondessero al loro interno qualcosa di proibito. Osservai con cura la coda di cavallo danzarle sulle spalle, i fianchi stretti fasciati dai pantaloni attillati e, sulle natiche che oscillavano a ritmo di musica, potevo intravedere il contorno di una brasiliana. Immaginai di afferrarne gli elastici e tirarli verso l'alto, facendo strusciare il lembo di stoffa contro la clitoride. Avrei tanto voluto vederla sussultare di un piacere inaspettato; percorrerle la schiena con la lingua, per poi arrivare a quei seni perfetti e stringerli nei palmi delle mani. La situazione delle mie parti basse iniziava di nuovo a surriscaldarsi, per cui decisi di tornare ad aggirarmi per la sala. Sentivo addosso gli sguardi infuocati delle altre donne, come se avessero intuito che la mia attenzione era deviata verso un soggetto estraneo a loro.

"Come va il mio movimento, Diego?" mi chiese Valentina, sbilanciandosi all'indietro. Avevo il suo culo pieno a pochi centimetri dalle mani, ma preferii appoggiarle una mano sulla schiena e raddrizzarle la postura.

"Così va meglio."

Proseguii avanti, puntando verso Marco e Giorgia che ridacchiavano, cercando di non cadere. Mi posizionai alle spalle di Giorgia e mi allacciai stretto al suo corpo, come facevo sempre con le donne, posandole una mano sul ventre e spingendo in avanti il bacino; potevo sentire il suo culo morbido contro il mio membro, che in un attimo si risvegliò del tutto. Giorgia sussultò tra le mie braccia e si divincolò.

"Che succede?" esclamò, sorpresa.

"Ecco, io..." ridacchiai, non senza una certa dose di imbarazzo. "Volevo mostrarti la giusta posizione da tenere durante il passo."

"Oh, scusa. È che... non me l'aspettavo." disse lei.

"Ho notato che stavate avendo qualche difficoltà, così..."

"No, è colpa mia. Sono io che sono una frana." aggiunse Giorgia.

"All'inizio è normale. Se permetti ti faccio vedere..."

chiesi conferma al marito con lo sguardo, poi la strinsi a me con un gesto repentino, quasi da toglierle il fiato. Le respirai sul collo e mi sembrò di avvertire un velo di pelle d'oca. Intanto con il ginocchio le divaricai le gambe, l'afferrai saldamente per le natiche e me la portai in braccio, volteggiando, e quando la feci riatterrare, ci esibimmo in un casqué. Con una mano le tenevo il viso, come se stessi per baciarla e con l'altra la tenevo talmente stretta a me da poter percepire i suoi capezzoli indurirsi sotto il reggiseno. Fosse stato per me, l'avrei spinta a terra, le avrei strappato i pantaloni, le avrei allargato le gambe e avrei infilato il mio bastone – ora al limite della sua durezza – nella sua passera. Non mi importava che ci fossero altre persone, né di suo marito e non riuscivo a spiegarmi perché quella donna appena incontrata fosse in grado di produrre in me un effetto così devastante. Eppure l'avrei fatto. Avrei voluto sentire le pareti della sua fica stringersi attorno al mio bastone per gli spasmi del piacere, bagnandomi dei suoi umori fino a non poter più distinguere il suo odore dal mio.

"Hai capito cosa ho detto?" esclamò Marco, strappandomi fuori dalle mie elucubrazioni erotiche.

"Sì, sì, certo." farfugliai. Mi guardai in giro e notai che le mie allieve mi osservavano con gli occhi pieni di livore e che Giorgia, invece, sembrava piuttosto contrariata.

"Io non credo che ce ne sia affatto bisogno, davvero..." soggiunse Giorgia, cercando manforte nel marito. Marco, dal canto suo, scosse la testa.

"Io credo invece che sia proprio necessario che tu prenda qualche lezione privata, visto che siamo anche arrivati a corso iniziato." sentenziò e la sua considerazione sembrava piuttosto lapidaria. Stentavo a credere alle mie orecchie, ma in fondo che ci credessi o no, non ci sarebbe stata occasione migliore per portare a termine il mio piano di conquista.

"Possiamo continuare a discuterne, ma intanto, signore e signori, purtroppo per oggi la lezione è finita" esclamai. Dalle coppie si sollevò un mormorio di disapprovazione.

"Non vi preoccupate, ci vediamo qui venerdì alla stessa ora." aggiunsi, nel tentativo di rincuorarli. Scorsi Dalia che, prima di uscire mi faceva cenno con la mano. Io le risposi con saluto frettoloso, essendomi - nel frattempo - completamente dimenticato del nostro rendez-vous sessuale delle nove.

"Tornando a noi..." dissi, accingendomi a spegnere lo stereo e a sistemare la sala. "Trovo che Marco abbia perfettamente ragione. Hai del grande potenziale, ma dubito che riusciresti a tirarlo fuori, solo con le lezioni di gruppo." mi strinsi nelle spalle, ostentando la mia migliore espressione accorata. Il fatto che Giorgia sembrasse così poco propensa a passare del tempo da sola con me, mi spingeva ancora di più a non desistere. Più mi sentivo rifiutato, più aumentava il desiderio che sentivo nei suoi confronti. "Io fossi in te lo farei. Hai visto mai che ti stupisci...". Marco sottolineò il tutto con un cenno deciso della testa e Giorgia, dopo aver lanciato un ultimo sguardo poco convinto a suo marito, non poté far altro che annuire.

"D'accordo allora. Quando iniziamo?" chiese, incrociando le braccia sul petto, con aria afflitta.

"Anche adesso! Io non ho altri corsi" affermai. Giorgia sobbalzò.

"Ma... io non credo che, insomma, abbiamo appena fatto una lezione. Penso che almeno la prima potremo rimandarla alla prossima settimana." balbettò.

"E perché? Sei già calda..." mormorai, cercando di non far trasparire il minimo accenno di malizia.

"Io concordo. Tanto ho del lavoro da sbrigare. Quando hai finito, mi fai uno squillo e ti passo a prendere." sentenziò Marco. Giorgia, ormai rassegnata, annuì e gli schioccò un bacio sulla guancia.

L'orologio a muro segnava le sette, quando Marco si chiuse alle spalle la porta della sala da ballo e noi restammo soli.

"Sembrate molto affiatati, tu e Marco..." esclamai, rompendo il silenzio pesante che era calato nella stanza vuota. Fremevo dalla voglia di toccarla, di sfiorare la sua pelle e sentirla calda contro la mia, ma percependo il suo imbarazzo, mi resi conto di dover alleggerire prima la tensione.

"Spero che questo corso ci riavvicini un po', in realtà" mormorò, con un sorriso stentato. Intravidi in quella confessione un barlume di speranza che decisi di cogliere al volo.

"Ottimo! Cioè, intendo dire che a maggior ragione,

migliorare la tecnica e riscoprire la tua sensualità in separata sede con me, ti aiuterà a ritrovare la passione con tuo marito."

"Me lo auguro..." sospirò lei. Io le mostrai il mio sorriso più eloquente, poi allungai la mano per invitarla a seguirmi al centro della pista. "Fidati di me." dissi. Giorgia afferrò la mia mano e si lasciò condurre. Io mi posizionai alle sue spalle e le strinsi la vita nelle mani, feci combaciare il mio bacino al suo; la sentii irrigidirsi. Avvicinai la bocca al suo orecchio e sussurrai: "Tranquilla, lasciati guidare...". Con una leggera, ma decisa pressione dell'anca le feci spostare in avanti la gamba destra e con una mano all'altezza del ventre la sentivo respirare in fretta.

"Ecco, così. Devi sentire il passo" mormorai. Lasciai scivolare la mano più in basso, sulla sua pancia tonica. Intanto sentivo il suo culetto strusciare contro la mia verga, che si inturgidiva via via sempre di più. La mia mano continuava a scendere, accarezzando le cosce, avvicinandosi pericolosamente all'inguine. Sentivo il calore della sua passera e le mie dita tremavano dal desiderio di poterla toccare. Le feci fare un giro completo su se stessa e quando tornò a darmi le spalle, la strinsi a me, inspirando forte l'odore dei suoi capelli e infilandole una mano tra le gambe. Per un attimo percepii l'odore della sua fica calda, la stoffa dei pantaloni umida di umori sotto la punta delle mie dita.

"Ehi, che fai?" esclamò Giorgia, divincolandosi. Teneva la testa bassa, per nascondere il rossore che le infuocava le guance.

"Ti... ti mostravo i passi" ribattei io, interdetto dalla sua reazione. Non mi aspettavo che, rimasti ormai soli, lontani da occhi indiscreti e – soprattutto ora che mi aveva accennato a dei problemi con il marito – avrebbe nuovamente rifiutato le mie avances. Con una mano tentai di sistemarmi il cavallo dei pantaloni per non mostrare quanto il mio membro svettasse dai pantaloni attillati.

"No, tu stavi cercando di toccarmi!" gridò lei.

"È tango, Giorgia. Parliamo del ballo più carico di sesso che esista. Cerco solo di far venire alla luce la sessualità che è nascosta in te."

"Credo che dovremmo smetterla, io sono sposata!"

"Io invece credo che dovresti lasciarti un po' andare. Il tuo matrimonio non potrà che giovarne..." provai ad avvicinarmi di nuovo, a passi lenti, mentre lei restava immobile con gli occhi bassi. Le sollevai il viso con due dita e avvicinai le labbra alle sue, tanto da poterle sfiorare, da poter sentire il suo respiro caldo ed eccitato sul mio viso. La sentii irrigidirsi, quando con la mano le abbassai una spallina della canottiera, sfiorandole appena la pelle, a partire dal collo, fino ad arrivare al polso.

"Non c'è nulla di male in questo..." bisbigliai. La mia voce era roca della voglia che trattenevo nei pantaloni. Con la punta di indice e pollice le stuzzicai il capezzolo del seno destro, sentendolo diventare di colpo duro tra i miei polpastrelli. Sorrisi e cercai di portare il palmo di Giorgia tra le mie gambe, a tastare l'entità dell'erezione che quel suo atteggiamento ritroso aveva provocato in me, ma lei si ritrasse di scatto.

"No, io... senti è meglio che vada" farfugliò, scostando frettolosamente le mie mani. Io cercai di fermarla, ma lei aveva già afferrato le sue cose e si era diretta a passo spedito verso la porta della sala da ballo, chiudendosela alle spalle. Un forte senso di frustrazione tornò ad impossessarsi di me. Tirai un pugno alla porta, sperando che il dolore placasse anche solo un po' l'eccitazione bruciante che cominciava ormai a bagnare la punta del mio bastone. Poi mi diressi verso lo spogliatoio e mi stupii alquanto di trovarvi dentro, ad aspettarmi, Dalia. Seduta sulla panca di legno, accanto al mio borsone, a braccia conserte, mi fissava contrariata.

"Alla buon'ora!" sibilò.

"Che ci fai qui?" esclamai, sorpreso.

"Avevi detto alle nove. Sono quasi le dieci, anche Cristina è andata via. Mi hai fatto fare la parte della povera sfigata." disse. Aveva gli occhi arrossati, come se avesse pianto.

"Mi sono dimenticato..."

"Lo so." aggiunse. Il pensiero di Giorgia, del suo corpo sopra il mio, della sua fica calda intorno al mio membro, mi aveva obnubilato a tal punto da scordarmi del tutto della promessa fatta a Dalia; ma forse il fatto che ora fosse lì davanti a me, per quanto le mie mani non desiderassero posarsi su di lei, poteva comunque tornarmi utile.

"L'ho sentita uscire. Sono rimasta solo per dirti che

sei uno stronzo." Dalia fece per alzarsi, ma io la bloccai. Non le diedi nemmeno il tempo di parlare, la sbattei con le spalle contro il muro e la baciai avidamente. La mia lingua si insinuò tra le sue labbra morbide, una mia mano le stringeva un seno e l'altra le spalancava le gambe, in cerca della sua fichetta che sapevo di trovare già abbondantemente bagnata. Dalia si divincolò per un istante, ma quando con la lingua scesi ad accarezzarle il collo, quando le abbassai la maglia per mordicchiarle i capezzoli, si lasciò andare. Mi attirò a sé, tirandomi per la maglia, mentre con una mano mi palpava il cavallo dei pantaloni, accarezzando la mia marmorea erezione. Io rabbrividii di piacere.

"Lo senti quanto è duro?" Le chiesi, in un bisbiglio eccitato, cercando avidamente la pelle, sotto le sue mutandine. "Eh? Lo senti?" Dalia annuì, mordendosi con forza il labbro inferiore, soffocando un gemito. Con la mano avevo raggiunto la sua bella fichetta e l'avevo trovata così fradicia da poter sentire il rumore delle mie dita che si muovevano avanti e indietro sulla sua clitoride gonfia di piacere. La voltai energicamente contro il muro e le abbassai i pantaloni e le mutandine e lei si inarcò, allargandosi le natiche con le mani, porgendomi i suoi buchetti ormai perfettamente lubrificati. Io strusciai la cappella, ormai libera dalla gabbia dei pantaloni, contro la sua passera depilata e la sentii bollente sulla pelle. Non riuscii a trattenere un gemito.

"Scopami, Diego, ti prego, scopami" mi supplicò lei, in un sussurro. Io chiusi gli occhi e, afferrando con una mano i suoi capelli bruni e con l'altra i suoi fianchi prosperosi, immaginai il corpo di Giorgia al posto del suo. Poi, con un colpo deciso di reni, la penetrai e percepii il mio cazzo entrare dentro di lei in profondità. Dalia sussultò, con un gemito forte e prolungato. Continuai ad entrare ed uscire con forza, schiaffeggiando di tanto in tanto quelle sue natiche rotonde e piene ed ogni volta che sentivo contrarsi la sua fichetta sulla mia asta, affondavo di più; volevo sentirla fino in fondo. Dalia si coprì la bocca con una mano per non urlare e soffocò i gemiti tra le dita, mentre con l'altra prese a strofinarsi convulsamente la clitoride, tremando di piacere. Le spinte del mio bacino diventavano sempre più forti e veloci. Ormai mi era impossibile trattenere i gemiti, che rimbombavano tra le quattro pareti dello spogliatoio insieme allo sbattere secco dei miei lombi contro il culo di Dalia.

"Oddio! Sto venendo!" gridò lei, continuando a masturbarsi freneticamente. Il suo corpo fu scosso da un violento tremito e potei sentire le pareti della sua passera stringersi con forza su di me. Fu come sentire una scarica elettrica che dalla cappella si estendeva fino alla punta dei capelli e percepii l'orgasmo arrivare come un'onda.

"Girati!" ansimai. Sfilai il cazzo da dentro di lei e Dalia si inginocchiò ubbidientemente ai miei piedi. Spalancò la bocca e, guardandomi fisso con i suoi occhioni castani, mi mostrò la lingua. In un istante le schizzai la faccia e le tette di sperma. Esplosi in un grugnito di piacere, mentre mi reggevo la verga bollente e sentivo Dalia che ridacchiava, soddisfatta, in sottofondo. Ad occhi socchiusi, mentre riprendevo fiato, mi tornò in mente l'immagine di Giorgia. Mi immaginai di trovarmi lei in ginocchio di fronte a me, a pulirsi il viso dal mio sperma, per poi leccarsi maliziosamente le dita. Quando abbassai gli occhi, rimasi deluso nell'incrociare lo sguardo di Dalia, sorridente e con quel suo atteggiamento da ragazzina. Mentre mi risistemavo i pantaloni in silenzio, lei si alzò e si dileguò in bagno. Sentii scorrere l'acqua dal rubinetto.

"È stato proprio eccitante." esclamò.

"Sì..." Mugugnai in risposta, poco convinto.

"Ci rivediamo venerdì sera?" aggiunse lei. Uscì dal bagno sistemandosi i capelli. Aveva gli occhi luccicanti ed il sorriso di chi ha appena goduto. Io mi sporsi verso di lei, le presi il mento tra l'indice ed il pollice della mano destra e posai le labbra sulle sue.

"Ma certo. Sempre alle nove..." risposi, con un sospiro. Dalia si aggrappò con forza alla mia maglia e, ansimando nella mia bocca, mi morse il labbro inferiore.

"Allora a venerdì" mormorò, lanciandomi uno sguardo che trasudava sesso puro. Afferrò le sue cose ed uscì dallo spogliatoio. Rimasto solo, mi lasciai cadere su una panca, esausto. Appena chiudevo gli occhi, l'immagine di Giorgia nuda e sdraiata davanti a me, rischiava di farmelo diventare duro un'altra volta. Per cui decisi di spogliarmi e buttarmi sotto la doccia.

Dopo quanto successo con Giorgia il mercoledì precedente, non mi aspettavo di vederla arrivare insieme a Marco alla lezione di venerdì. Li vidi spigliati e a loro agio, anche se ebbi l'impressione che Giorgia cercasse in ogni modo di evitare il mio sguardo. Io mi tenni a debita distanza da loro, restai accanto allo specchio, a dare indicazioni generali a tutti. Dopo la fine della lezione, mi stupì ancora di più vederli restare in sala, una volta che tutti gli altri se ne furono andati.

"Come è andata questa seconda lezione?" chiesi, cercando di sondare il terreno.

"Già meglio..." esclamò Marco, sorridendo. "A maggior ragione penso che la storia delle lezioni private sia proprio un'ottima idea." continuò.

"Oh... io pensavo che... insomma" balbettai. Rivolsi lo sguardo verso Giorgia, che sostenne il mio. Negli occhi aveva una luce strana, indecifrabile.

"Anche io sono d'accordo." mi interruppe lei. Questo improvviso, inaspettato cambio di rotta mi provocò un piacevole pizzicorino all'altezza del petto e in un secondo sentii smuovermisi qualcosa nei pantaloni.

"Allora io vi lascio soli." disse Marco, con un'espressione gioviale stampata sul volto. Baciò dolcemente sua moglie a fior di labbra ed uscì dalla stanza, chiudendosi la porta alle spalle. Io e Giorgia ci ritrovammo di nuovo da soli.

"Hai cambiato idea?" mormorai, rivolgendole un sorriso sornione. Lei si voltò verso di me, sfregandosi le mani.

"Non proprio." rispose. "Lo faccio per Marco... ci tiene tanto" sussurrò.

"Ho capito." dissi ed un passo dopo l'altro, ascoltando il ticchettare dei tacchi sulla suola di legno della sala, mi avvicinai a lei. "Vuoi fare felice tuo marito?" le chiesi. Giorgia annuì. "Allora fidati di me..." la mia voce era un soffio caldo sul suo collo, ormai. La sentii rabbrividire. Mi avvicinai allo stereo e feci partire la musica; un tango trascinato, sensuale riempì la sala. Poi le tornai vicino.

"Chiudi gli occhi" sussurrai.

"Che fai?" mi chiese, con la voce che tremava un po'.

"Tu fidati..."

Le sciolsi i capelli ed inspirai forte nelle narici il suo profumo. Era incredibile, eppure finalmente lei era lì di fronte a me e potevo farla mia. Mi posizionai dietro di lei, le scostai i capelli dal collo e iniziai a passarle la punta della lingua sull'orecchio, la feci scendere sul lobo, poi sul collo, assaporai la sua pelle, gliela morsi piano, la sentii sussultare. Le feci scendere le spalline della canottiera, fino a scoprire quelle tette rotonde e morbide. I capezzoli svettavano duri e io iniziai ad accarezzarglieli con le dita, a pizzicarli con pollice ed indice, a stringerli, a tirarli e più li stuzzicavo più Giorgia iniziava ad ansimare piano, abbandonandosi con la schiena contro il mio corpo. A sentirla godere, il mio bastone si era drizzato e io iniziai a strusciarglielo contro le natiche. Soffrivo a dovermi trattenere, quando avrei solo voluto sbatterla a terra e scoparmela violentemente, ma mi eccitava di più farle provare un piacere sottile, prolungato. Quasi speravo che mi implorasse di scoparla, alla fine. Le afferrai le tette e le strizzai con forza, poi la voltai verso di me. Le presi il viso tra le mani e la baciai, facendomi largo con la lingua tra le sue labbra sottili, mischiando la sua saliva alla mia. Feci scendere una mano lungo la sua pancia fino ad entrarle nei pantaloni, afferrai l'elastico della sua brasiliana e lo tirai verso l'alto. La sentii gemere nella mia bocca, quando la stoffa delle mutande iniziò a strusciarle contro la clitoride. Si aggrappò al mio petto e io le afferrai i capelli, tirandole la testa all'indietro, per baciarle il collo con foga. Intanto tiravo le mutande ancora più forte e lei, con la testa reclinata all'indietro, gemette più forte.

"Sì, godi, cazzo. Godi." sibilai, con la lingua contro il suo collo soffice. Le strappai di dosso la maglia e le succhiai avidamente i capezzoli, strizzandole le tette nei palmi delle mani; scesi lentamente più in basso, baciandole la pancia, l'ombelico. Le tolsi le scarpe, le sfilai i pantaloni e continuai a baciarle le cosce, l'inguine; le feci allargare le gambe e raccolsi con la saliva gli umori che le erano colati dalla fica, fino ad arrivare alla clitoride. Sussultò, quando gliela sfiorai con la punta della lingua. Le strinsi quel culo sodo e, allargandolo, per poterla divorare bene, tuffai la lingua tra le labbra della sua passera. Mi inzuppai subito il mento dei suoi umori. Giorgia mi infilò le dita tra i capelli e il suo bacino iniziò a muoversi avanti ed indietro, incoraggiando la mia lingua a scoparla di più. Io le succhiavo la clitoride, sentivo il suo sapore, la leccavo velocemente, gustandomi con gli occhi le sue espressioni di godimento. Poi le infilai dentro tre dita, fino in fondo. Le gambe le cedettero, incapaci di resistere ai brividi e alle scosse del piacere, ma io la sorressi, continuando ad affondare le dita dentro la sua carne calda e morbida. Quando fu allo stremo delle forze, mi alzai, le avvicinai la mano alle labbra e lei leccò il suo stesso sapore dalle mie dita, guardandomi negli occhi e io potei leggerci dentro il fuoco del piacere.

"Ti piace?" le chiesi, a fior di labbra, sulla bocca sentivo ancora il sapore della sua fica. Giorgia mi guardò e annuì.

"Dimmelo..." dissi.

"Mi fa impazzire." sussurrò lei. Percepii nel tono della sua voce la supplica di scoparla e io non aspettavo altro. La baciai con così tanta forza che i nostri denti sbatterono, poi la sollevai, affondando le unghie nella carne soffice del suo culo e la sdraiai a terra. Fui in un attimo sopra di lei, le sue gambe sopra le mie spalle, il suo viso a pochi centimetri dal mio. Afferrai la mia verga ormai durissima e la strofinai sulla sua passera, per inumidirla, la sbattei sulla sua clitoride. Una, due volte. Giorgia gemette, il suo verso era quasi un pianto.

"Mettimelo dentro..." ansimò. Io la guardai fissa negli occhi, appoggiando la punta del mio cazzo all'entrata della sua passera stretta e fradicia. Era insopportabile, avrei voluto sbatterglielo dentro, ma contrassi ogni singolo muscolo del mio corpo e continuai a sfregare la cappella contro la sua fessura pulsante.

"Dimmi che lo vuoi..." mormorai, con la voce arrochita dall'eccitazione. Giorgia mi afferrò il viso e lo portò ad un millimetro dal suo.

"Voglio sentire il tuo cazzo dentro la mia fica. Voglio che mi scopi!"

Non era più solo la sua bella fichetta a pulsare ora. Spinsi dentro prima la cappella, poi anche tutto il resto del mio bastone; lo feci entrare pianissimo. Strizzai gli occhi, per percepire ogni singolo millimetro. Con le gambe sopra le mie spalle, Giorgia era completamente spalancata e lo prese tutto fino alle palle.

"Sì, sì, sì." gridò. Io, allora, non resistetti più e iniziai a scoparla forte. Con una mano le tenevo il viso e mi godevo ogni singolo suo mutamento di espressione, ogni mugolio. Ero gonfio e duro dentro di lei e la sentivo tutta, se si muoveva, se si contraeva. Non avevo mai goduto così tanto. Entrambi iniziammo a gemere sempre più forte. Sapevo che non avrei resistito molto più a lungo, così le strofinai la clitoride e più lei urlava di piacere più io godevo. Giorgia iniziò a tremare, si strinse le tette con le mani e in uno spasmo improvviso, si inarcò all'indietro, venendo con un gemito strozzato. La contrazione feroce della sua fica, rischiò quasi di farmi eiaculare dentro di lei. Con un ultimo paio di spinte energiche che mi provocarono un brivido di piacere indescrivibile, mi sfilai da lei e schizzai fiotti di sperma caldo sulla sua pancia. Poi mi accasciai sulle ginocchia, Giorgia era ancora sdraiata, ancora scossa dal piacere di quell'orgasmo deflagrante. Con l'incavo del braccio si copriva il volto dalla luce. Le posai una mano sulla coscia.

"Tutto bene?" le chiesi a bassa voce, come per non disturbare quel momento ancora intimo. Giorgia alzò gli occhi su di me e mi sorrise.

"Sì. Alla grande."

Poi si alzò e iniziò a ripulirsi.

"Guarda che non c'è fretta eh!" dissi. Mi sorpresi di me stesso. In genere, ero il primo a voler restare da solo, dopo aver fatto sesso con una donna. Giorgia però scosse la testa e continuò a vestirsi, con cura, ma in fretta.

"Marco mi starà aspettando, preferisco tornare a casa." rispose. Mentre mi rialzavo anche io, a fatica, esausto, guardai sparire sotto gli indumenti le sue forme che fino a poco prima avevo annusato, assaggiato e tenuto tra le mani. Quando fu pronta - con già la borsa in mano - mi si avvicinò a passi veloci e, sfiorandomi una guancia con la mano, mi posò sull'altra un bacio.

"Penso che tu abbia ragione, sai?" esclamò, raggiante.

"Su... su cosa?" farfugliai.

"Sul fatto che questa cosa possa giovare al mio matrimonio." sentenziò. Poi con un cenno del capo che sembrava un ringraziamento, mi salutò e uscì dalla sala. Ero confuso, senza parole. Quando tornai nello spogliatoio, mi tornò in mente che per la seconda volta avevo dimenticato l'appuntamento con Dalia, ma non me ne importava. In quel momento pensavo a Giorgia, a lei e a suo marito. Forse sarebbero tornati ancora, forse l'equilibrio del loro matrimonio avrebbe iniziato

a reggersi su quei nostri fugaci incontri infra-settima-
nali. Non sapevo se avremmo fatto sesso di nuovo, non
sapevo nemmeno se l'avrei rivista di nuovo, sapevo
soltanto che quella per me era stata la migliore scopata
della mia vita.

PER PASSARE L'ESAME

Come ogni mattina mi ero svegliata al suonare della sveglia, ma non ero riuscita a mettere piede fuori dal letto. Continuavo a fissare il soffitto. L'idea di andare in facoltà mi rivoltava lo stomaco. Da quando avevo deciso di dare retta ai miei genitori e scegliere giurisprudenza le cose avevano iniziato ad andare male, anzi malissimo. Non facevo altro che domandarmi chi me lo avesse fatto fare. Non ero mai stata portata per fare l'avvocato, non mi piaceva parlare in pubblico e soprattutto tutti quei cavilli legali mi davano la nausea. Se avessi potuto fare davvero di testa mia, avrei deciso per qualcosa come storia o lettere classiche, ma lo studio di famiglia era ben avviato e, per paura che mi ritrovassi senza un lavoro, i miei genitori avevano insistito strenuamente. Quindi eccomi ritrovata a dover combattere con quel senso di malessere cosmico, ad iniziare l'ennesima giornata. A salvarmi dalla monotonia dello studio e dalla mancanza di vita sociale c'era, per mia fortuna, la spiccata fantasia su cui avevo sempre potuto fare affidamento fin da bambina. Ogni volta che mi addormentavo - o semplicemente chiudevo gli occhi - ero capace di immergermi in peripezie straordinarie che, grazie alla mia profonda passione per l'erotismo, mi facevano svegliare puntualmente con le mutande bagnate. Dal momento che lo studio non mi permetteva di godere di frequentazioni stabili (né meno stabili) le fantasie erotiche erano tutto ciò che mi restava. Un sogno ricorrente, particolarmente eccitante, era quello di essere visitata nottetempo da un ladro. Non trovando gioielli, né soldi in giro per casa, si ritrovava a passare per la mia camera e ad infilarsi nel mio letto. Così io, svegliandomi, mi ritrovavo con le sue mani nei pantaloni del pigiama e il suo pisello duro che mi spingeva contro la coscia. Ripensandoci, non potei fare a meno – ancora cullata dal tepore delle coperte e dall'oscurità della stanza – di sentire un certo pizzicorino alle parti basse. Controllai la porta della mia stanza, per evitare che mia madre potesse entrare e sorprendermi con le mani nelle mutande. Poi chiusi gli occhi, mi umettai le dita di saliva e le lasciai scivolare sotto la maglietta del pigiama. Il contatto con la pelle mi fece rabbrividire. Mi strinsi un seno nella coppa della mano e lo strizzai appena. Afferrai un capezzolo e lo torsi delicatamente tra pollice e indice, sentendolo lentamente irrigidirsi. Una scarica di piacere viaggiò dal mio seno sinistro dritta alla mia vagina. Strinsi le cosce in un gesto involontario. Mi accarezzai la pancia, poi giù fino all'ombelico, sollevai l'elastico del pantaloncino e premetti la clitoride tra indice e medio. Mi morsi il labbro in un brivido irresistibile di piacere che mi si irradiò fino alla punta dei capelli. Stavo per infilare nelle mutande anche la seconda mano, quando mia madre – come previsto – spalancò la porta della mia camera, senza nemmeno bussare. Mi gettai le coperte sulla testa con grugnito di protesta.

"Sveglia, pigrona! O farai tardi a lezione anche stamattina!" gridò mia madre, entrando in stanza come una furia. Alzò le serrande, facendo entrare di prepotenza la luce del sole.

"Mamma, te ne vai? Non ho tredici anni" protestai.

"Vestiti e scendi, sono già quasi le otto. Non verrò a dirtelo un'altra volta" esclamò, nel tentativo di strapparmi di dosso le coperte. Io opposi una strenua resistenza.

"Ho capito. Scendo subito. Adesso vattene, però." urlai esasperata. Mia madre si sbatté la porta alle spalle ed io fui tentata di riprendere da dove avevo lasciato, ma sapevo che non mi avrebbe lasciata in pace per molto. Così, mi alzai a fatica dal letto e mi diressi in bagno. Mi spogliai davanti allo specchio e rimasi ad osservarmi per qualche istante; ero piuttosto soddisfatta del mio corpo: il seno importante, la vita stretta, la linea sinuosa dei fianchi, le cosce piene, forse qualche chiletto di troppo sulla pancia e sul culo, ma in fin dei conti non c'era niente di particolare che non mi piacesse in me. Mi pizzicai la carne delle natiche, mi soppesai le tette, mi ravviai i capelli e sorrisi al mio riflesso allo specchio. Insomma, se c'era qualcosa che non andava nella mia vita, di certo non era l'autostima. Mi lavai in fretta e furia, mi legai i capelli sulla testa ed infilai una gonnellina che arrivava al ginocchio, una t-shirt ed un paio di scarpe col tacco. Ormai era diventata un'abitudine quella di uscire di casa senza indossare le mutande. Era nata come una scommessa da ubriachi fatta col mio migliore amico a una festa ed ora lo facevo senza neanche rendermene conto.

"Bea, ti sbrighi o no!" tuonò mia madre dal piano di sotto. Sbuffando, mi diedi un'ultima sbirciata nello specchio dietro la porta e, dopo aver afferrato la tracolla dalla sedia della scrivania, mi precipitai per le scale. In cucina trovai mia madre intenta a preparare la colazione, mentre con un occhio controllava il computer. Mi riempii la tazza del caffè bollente che aveva appena preparato, mi infilai in bocca una fetta biscottata e, dopo averla abbracciata al volo, mi diressi verso la porta di casa.

"Non ti siedi?" mi chiese lei, sollevando gli occhi increduli su di me.

"Mamma, è tardi. L'hai detto anche tu." farfugliai a mezza bocca, sputacchiando briciole in giro.

"Sì, ma almeno due minuti per mangiare con calma." esclamò, invitandomi a sedere al tavolo accanto a lei.

"C'è Salvo che mi aspetta, e poi..." tergiversai, continuando ad avanzare verso la porta d'ingresso.

"Vabeh, come vuoi." mi interruppe lei, "L'importante è che tu stia concentrata a lezione. Devi passare l'esame questa volta. Mi raccomando che tuo padre ci tiene, non puoi finire in ritardo come lo scorso semestre..." continuò in tono perentorio. Io alzai gli occhi al cielo.

"D'accordo. Ti prometto che faccio la brava. Ora che mi hai fatto la ramanzina adolescenziale posso andare?" chiesi. Mia madre mi fissò sconsolata e si strinse nelle spalle. Io le schioccai un bacio da lontano e, dopo essermi di nuovo infilata la fetta biscottata tra i denti, presi la porta.

In fondo al vialetto, scorsi la figura familiare del mio amico Salvatore. Alzò la mano per salutarmi ed io gli corsi incontro, gettandogli le braccia al collo. Adoravo inspirare il profumo del suo dopobarba di prima mattina, sentirmi stretta nel suo abbraccio muscoloso da pallanuotista; lui mi amava dalle elementari, mentre io provavo per lui un'attrazione fisica cocente, di quelle che fanno vibrare il corpo come una corda. Anche solo abbracciarlo mi faceva inturgidire i capezzoli e avrei voluto che mi prendesse per le natiche e mi sollevasse da terra. Quel contrasto di intenti e desideri inconfessati, tra di noi, metteva spesso a dura prova il sottile equilibrio della nostra amicizia.

"Ciao piccola, come stai?" mi chiese, accarezzandomi dolcemente la guancia.

"Mia madre mi fa ancora la paternale... ma a parte questo bene." risposi, con una smorfia di disappunto.

"Adesso non ci pensare. Fammi vedere quanto sei bella stamattina." esclamò, cambiando discorso. Poi

Salvo mi prese per una mano e mi fece roteare su me stessa. Mi avvamparono le guance, mentre tentavo di evitare che la gonna si sollevasse troppo a rivelare l'assenza di intimo.

"Ma sei pazzo?" bisbigliai, assestandogli un pugno nelle costole. "Non ti ricordi di Capodanno?"

Salvo sembrò pensarci su per un momento, con un'espressione dubbiosa dipinta in volto. Poi in un'istante sgranò gli occhi e mi parve di scorgere, nel suo sguardo, qualcosa che assomigliava ad un bagliore eccitato.

"Non le porti nemmeno con la gonna? E se tira il vento? Non hai paura che qualcuno ti veda?" balbettò. Io scoppiai a ridere.

"No, anzi. Devo dire che lo trovo piuttosto eccitante. Un segreto che so solo io. Solo io e te." risposi, ammiccando maliziosamente.

"E se qualcuno si chinasse sotto il banco e se ne accorgesse?" mi chiese.

"Capirai. Giusto qualche insegnante vecchio e bavoso." ribattei, fingendo di mettere il broncio. Poi gli pizzicai la guancia con le dita.

"È il nostro segreto. Adesso andiamo, altrimenti, non arriviamo più." sentenziai e lo trascinai per mano sul marciapiede verso la fermata dell'autobus. Salvo imbronciato, si lasciò guidare.

Arrivammo di corsa in facoltà. L'orario d'inizio della lezione era passato da un quarto d'ora, per cui quando facemmo il nostro ingresso, sudati ed affannati, la voce del professore già risuonava nell'aula. Il rumore della porta che si chiudeva alle nostre spalle rimbombò, rivelando la nostra presenza a tutti i presenti.

"Ben arrivati. Sedetevi." esclamò il professore. Rimasi sorpresa nel non trovarmi di fronte, ritta in piedi davanti alla platea di studenti, la figura grassoccia e rugosa del professor Ortenzi, che di solito teneva la lezione di Diritto civile. Ci scrutavano invece, dal fondo della sala, un paio di occhi azzurri. Un individuo alto, snello, dalla testa rasata e dalla barba rossiccia, con un fisico possente, in jeans e maglietta, sedeva disinvolto sulla cattedra, reggendo in mano un volume. Non avrà avuto più di trentacinque anni.

"Prego, venite pure a sedervi..." ribadì in tono amichevole, indicandoci gli unici posti liberi in prima fila. Io e Salvo ci guardammo con aria interrogativa, poi ci affrettammo a scendere la gradinata per raggiungere i primi posti. Mentre camminavo, facendomi largo tra gli altri studenti, non riuscii a togliermi di dosso la sensazione che il nuovo professore mi stesse fissando. Gli lanciai uno sguardo di sottecchi e mi accorsi che i suoi occhi viaggiavano, senza darsi nemmeno troppa pena di nasconderlo, dalle mie gambe al mio sedere. Consapevole del mio piccolo segreto, inconsciamente, mi allisciai la gonna con le mani e mi sedetti. Salvo si lasciò cadere sulla sedia di fianco a me. Sembrava piuttosto contrariato.

"Tranquilli, è il mio primo giorno, non vi mangio." si schernì il professore. Io gli sorrisi. "Non oggi, almeno" continuò lui, fissando lo sguardo dritto nel mio e sorridendomi di rimando. Fui costretta ad accavallare le gambe, per frenare l'improvviso pulsare alla fica che quel suo atteggiamento così velatamente perverso mi aveva iniziato a provocare. Mi dissi che probabilmente era solo il frutto della mia fertile immaginazione, eppure era bastato un secondo per farmi eccitare.

"Dunque, come ho già accennato ai vostri colleghi, io sono il professor Merigioli e l'esame di Diritto civile lo sosterrete con me, per via di problemi familiari del professor Ortenzi. Niente di grave, ma per qualche mese non potrà essere raggiungibile." annunciò a gran voce. Il suo tono era profondo, roco, da gran fumatore ed ogni parola mi dava l'idea che mi scavasse un graffio nella pelle. Mentre parlava, mi persi dietro al filo dei miei pensieri, seguendo il movimento delle sue mani nell'aria e delle sue labbra. Immaginai di trovarmi improvvisamente sola con lui nell'aula, di alzarmi in piedi e sollevarmi lentamente la gonna, per mostrargli la mia bella passerina depilata e senza mutande. Avrei voluto godermi il suo sguardo, vederlo avvicinarsi pian piano a me, inginocchiarsi ai miei piedi e permettermi di sedere sul suo viso per fargli assaggiare il mio sapore. Avrei voluto sentire il lento arrotolarsi della sua lingua sulla mia clitoride sensibile e il colare dei miei umori sulla sua barba, per poi scendere a baciarlo, infilandogli prepotentemente la lingua in bocca e sentire il suo viso ancora impregnato del mio odore.

"Tutto bene, signorina?" la voce di Merigioli, ora appoggiato con i gomiti sul banco di fronte a me, mi strappò fuori dalle mie erotiche fantasticherie. Mi fissava con un sorriso sornione.

"La sto annoiando?" mi chiese, ammiccando verso il resto della classe. Dall'aula si alzò un coro di risatine divertite.

"Oh no, io ecco... veramente" balbettai. Non avrei proprio saputo come spiegargli che mentre parlava di tutt'altro io stavo fantasticando sull'odore della mia fica sulla sua bocca. Sarebbe stato piuttosto imbarazzante, a maggior ragione perché era un uomo che avevo visto per la prima volta neanche cinque minuti prima e che però, per qualche strano motivo mi smuoveva una carica elettrostatica di eccitazione senza pari.

"Liberissima di non ascoltare, ma non vorrei che si perdesse parti fondamentali della spiegazione. O potrebbe aver bisogno di qualche lezione privata, il che vorrebbe dire altro tempo con il sottoscritto..." aggiunse, con quello che mi sembrò avere tutta l'aria di un sorriso malizioso. Percepii Salvo scalpitare alla mia destra. Gli posai una mano sul braccio, nel tentativo di calmarlo. Anche se in realtà, l'unica che aveva davvero bisogno di essere calmata in quel momento ero io. Mi ribolliva il sangue nel petto. Strinsi le cosce più forte e, con un sorriso, tentai di mascherare l'enorme fatica che stavo facendo, per contenere le vampate di rossore.

"Chiedo scusa, io sto... sto ascoltando, professore." farfugliai, alla fine. Merigioli si allisciò la barba, di nuovo con quello sguardo che sembrava passarmi sotto scanner e che quasi speravo avesse il poter di vedermi senza vestiti.

"Molto bene, allora!" esclamò poi e tornò a rivolgersi alla platea intera. Riprese a parlare di Diritto Civile ed io, con tutta la buona volontà, non riuscii a tenere acceso il cervello. Tirai fuori il quaderno, l'astuccio, le penne, ma la mia mente continuava a partire per la tangente. Lasciandomi cullare dal sottofondo della sua voce, cominciai a mordicchiare l'estremità della matita – sovrappensiero -, poi presi a passarmela da una parte all'altra della bocca, poi a succhiarla appena, mentre nella mia mente mi scorrevano le immagini delle mie mani che gli sbottonavano la cerniera dei pantaloni, che gli abbassavano le mutande e che andavano a scoprire la punta del suo membro già turgido per me. Immaginavo di assaporarne lentamente la cappella e intanto continuavo a succhiare voluttuosamente la punta della matita, fino a che Salvo non si vide costretto a darmi una gomitata contro il braccio, sussurrandomi:

"Si può sapere che ti prende?". Io mi ridestai di botto.

"Perché? Che succede?" bisbigliai, confusa.

"Sembri in trance stamattina... e adesso sembrava pure che ti fossi messa a fare un pompino alla matita." mi sussurrò lui all'orecchio. Percepii il suo imbarazzo e la cosa mi fece sorridere.

"Non è male il nuovo prof, no?" chiesi. Salvo mi parve subito rabbuiarsi e si strinse nelle spalle.

"Boh, se piace a te. Cose da donne." borbottò e tornò a tuffare il naso nei suoi appunti. Io invece tornai a seguire la lezione, solo per potermi concentrare di nuovo sul professore, osservare con cura i dettagli del suo viso: le labbra carnose, i baffi arricciati, il naso affilato, quegli occhi di ghiaccio, le mani grandi che non potevo fare a meno di immaginar correre sulla mia pelle, il fisico asciutto e scolpito sotto la maglia. Non avevo mai sentito un desiderio così impellente di possedere una persona. Eppure sapevo che non sarebbe mai successo, non solo per la differenza d'età, quanto più per la differenza di ruoli. Mi balenò in mente per un istante un'idea balzana. Mia madre e mio padre desideravano tanto strenuamente che io passassi l'esame senza complicazioni e l'unico modo sicuro per farlo – vista la mia scarsissima propensione per la materia – sarebbe stato chiedere degli incontri privati. Chiusi in una stanza da soli o costretti per ore in una biblioteca buia, sarebbe stato facile fargli scivolare una mano sul cavallo dei pantaloni. Alla sola idea sentii un rivoletto di umori scivolarmi dalla passera e fui costretta a scavallare le gambe. In quello stesso istante, preso dalla foga del momento, Merigioli urtò una pila di volumi e penne accatastati sulla cattedra, che caddero a terra con un tonfo. Il professore si inginocchiò sul pavimento per raccoglierli, chinando la testa proprio all'altezza del mio banco. Io rimasi immobile, come pietrificata. Bastava che Merigioli voltasse la testa dalla mia parte e si sarebbe trovato davanti le mie gambe dischiuse, la mia gonna sollevata e avrebbe scoperto che quella mattina, come tutte le mattine, io non portavo le mutande. Avrei potuto chiudere le gambe, per non farlo accorgere, ma non lo feci. Anzi, lentamente le spalancai di più, rivelando ai suoi occhi la vista della mia fichetta nuda, aperta, fradicia. Intanto da sopra il banco lo guardavo, aspettando il momento in cui avrei notato una reazione nel suo comportamento che mi comunicasse che l'aveva vista. Merigioli continuò a raccogliere volumi su volumi, qualche penna, senza mostrare il minimo segno particolare. Ad un certo punto, poi si avvicinò per recuperare il tappo di una penna che era scivolato più lontano e lo vidi irrigidirsi. Poteva nasconderlo, ma io lo avevo visto. Si era bloccato ed il suo corpo era stato scosso da un fremito; io sapevo che in quel momento aveva visto la mia fichetta, aperta e grondante solo per lui. Quando si rialzò da terra era evidentemente scosso. Mi lanciò uno sguardo di sottecchi e si lisciò la barba. Dentro di me sentii una scarica di adrenalina attraversarmi le viscere. Ebbi timore di aver bagnato la sedia per quanto la mia passerina si era bagnata dall'eccitazione. Sentivo che anche i miei capezzoli erano diventati turgidi come pietra. Respiravo a fatica.

"Bene ragazzi..." esclamò Merigioli "per oggi può bastare. Una lezione breve, ma intensa, direi. Ci rivediamo dopodomani alla stessa ora, mi raccomando puntuali." continuò, schiarendosi la voce. Dall'aula si alzò un brusio confuso, ma visto che il professore si accingeva già a riporre in fretta le cose nella valigetta, tutti cominciarono ad alzarsi, discutendo tra loro di quello strano atteggiamento. Salvo mi disse qualcosa, ma non riuscii a capire le sue parole. Vidi che il professore mi rivolgeva uno sguardo sfuggente, per poi dileguarsi fuori dall'aula a passo spedito.

"Scusami un secondo." bisbigliai a Salvo. Raccattai in fretta e furia le mie cose e gettandomi la tracolla sulle spalle, mi feci largo tra gli altri studenti e uscii nel corridoio. Vidi Merigioli che si dirigeva fuori dalla facoltà e lo raggiunsi di corsa. Mi parai di fronte a lui e fui soddisfatta nel cogliere una certa sorpresa nel suo sguardo.

"Le rubo solo un secondo, prof" ansimai, con la voce tremante per la corsa e per l'eccitazione ancora in circolo "avrei bisogno di chiederle un favore..." aggiunsi.

"Ma certo, dimmi pure. Ehm, tu sei?" farfugliò lui. Il suo sguardo rimbalzava imbarazzato dai miei occhi al mio seno, alle mie gambe, al corridoio.

"Beatrice Ziti." dissi. "Io ho avuto parecchie difficoltà negli scorsi esami con il suo predecessore, per cui mi chiedevo se, per caso, fosse davvero disposto a darmi qualche lezione privata...". Merigioli sobbalzò. Poi si schiarì la voce, visibilmente a disagio.

"Ecco, veramente... era per dire. Insomma per fare un po' di teatro. Di fronte alla classe" affermò, con gli occhi bassi.

"Capisco... è che io non posso permettermi di essere bocciata un'altra volta. Se finisco fuori corso i miei non potranno più permettersi di pagarmi la retta. È davvero importante per me..." sussurrai, cercando di ostentare il mio tono più disperato. Mi aggrappai al suo braccio e, al contatto della sua pelle con il palmo della mia mano, mi sentii ribollire. Sollevai lo sguardo su di lui. Merigioli sostenne gli occhi nei miei per un secondo e mi sembrò di sentirlo tremare.

"Va bene. Possiamo cominciare con un paio d'ore la settimana, se per te va bene..." suggerì. Incapace di trattenere l'entusiasmo, gli gettai le braccia al collo. Sperai che riuscisse a sentire il contatto dei miei capezzoli ancora turgidi contro il suo petto marmoreo, nell'abbraccio. Il professore rimase rigido, mi assestò una pacca sulle spalle, eppure mi sembrò come di percepire il rigonfiamento di un'erezione attraverso i suoi pantaloni. Mi staccai da lui e gli sorrisi.

"Grazie infinite. Allora possiamo iniziare domani?" chiesi. Merigioli annuì. Poi, mentre mi voltavo per andarmene, mi sentii afferrare per il polso. La sua stretta era ferrea, tanto che mi voltai di nuovo verso di lui, stupita da quel repentino cambio di rotta. Guardandolo in volto mi sembrò che stesse facendo una gran fatica a trattenersi. Aprì la bocca come per dire qualcosa, ma poi la richiuse e mi lasciò andare. Io mi avvicinai al suo orecchio.

"Sì, non le porto mai, se è questo che voleva sapere..." mormorai. Poi con un cenno della mano lo salutai e mi incamminai di nuovo nel corridoio, per raggiungere Salvo.

"Che tipo strano" borbottò Salvo, camminando al mio fianco per il corridoio. I ricci neri gli ricadevano sulla fronte, incorniciando un'espressione imbronciata che mi inteneriva da morire. Io gli procedevo accanto, trasognata. Non sapevo come avrei fatto a resistere fino al giorno successivo per rivedere il professore. Volevo che mi possedesse in quel preciso momento, la mia fichetta era calda e pronta. Avevo bisogno di scaricare gli impulsi irrefrenabili che quell'uomo aveva scatenato in me.

"Boh, io lo trovo così sexy..." risposi. Salvo si fermò di botto e mi guardò con aria interrogativa.

"Sexy? Mi spieghi che ci trovi di sexy in quello?" esclamò. "Insomma tu... tu..." iniziò a balbettare. Io mi fermai accanto a lui e lo guardai, sorridendo.

"Io che cosa?" sussurrai. Salvo guardò in terra, come se improvvisamente le sue scarpe fossero diventate di grande interesse.

"Tu sei così bella... insomma, tu sei sexy. E non vedo cosa potresti vederci in uno così, ecco..." concluse, con aria profondamente imbarazzata. Osservandolo, ebbi un'illuminazione.

"Vieni con me." gli dissi. Cogliendolo di sorpresa, lo afferrai per la mano e lo trascinai per i corridoi della facoltà. Quella voglia che mi bruciava dentro, mi guidava senza che nemmeno io sapessi bene dove stavo andando. Dopo poco, ci ritrovammo davanti ai bagni delle ragazze. Senza lasciargli nemmeno il tempo di rendersene conto o di parlare, lo spinsi dentro. Per fortuna non c'era nessuno, ma anche se ci fosse stato, non me ne sarebbe fregato nulla. In quel momento ero trascinata dal pulsare della mia fica. Presi Salvo per il collo della felpa che indossava e lo sbattei contro il muro.

"Che cosa..." cercò di chiedere lui, ma lo zittii,

premendo le mie labbra contro le sue con forza. Sentii il sapore della sua saliva, quando gli infilai la lingua in bocca. Gli morsi il mento, la guancia, il collo, così forte da lasciargli dei segni rossi sulla pelle. Ripresosi dalla sorpresa, Salvo si lasciò andare e mi strinse a sé, mi fece scivolare le mani fino alle natiche, stringendole per bene, sollevandomi la gonna fino alla vita e strizzando la carne. Mi assestò una sculacciata violenta sul culo che risuonò tra le pareti del bagno vuoto. Lo baciai con foga, soffocando un gemito nella sua bocca.

"Fallo ancora..." ansimai. Salvo mi sculacciò ancora, più forte di prima e io pure gemetti più forte, percependo il rossore spandersi pian piano sulla natica. Gli sollevai la felpa per poter toccare e baciare e leccare quel suo corpo scolpito; lui mi infilò una mano tra i capelli. Gli slacciai i pantaloni, glieli abbassai e gli tirai fuori il cazzo dalle mutande. Era così duro e gonfio che faticavo a tenerlo in mano. Iniziai a muovere la mia mano sulla sua asta dura e, all'idea di poterglielo succhiare, mi veniva l'acquolina in bocca, ma quando mi abbassai per prenderglielo in bocca, Salvo mi afferrò saldamente per le spalle.

"Se mi fai un pompino vengo subito..." mugolò. Mi lasciai sollevare, tornando tra le sue braccia. Poi, mi avvicinai al suo orecchio.

"Avrei voluto così tanto succhiartelo!" bisbigliai. Salvo, con un grugnito trattenuto, mi morse il collo e mi sbatté contro la porta di un bagno, che si aprì, facendoci ruzzolare dentro. Alla cieca, continuammo a baciarci, colpendoci, baciandoci, leccandoci, senza grazia. Salvo mi spinse contro la parete, con una mano mi sollevò una gamba e con l'altra si afferrò il membro e me lo sbatté sulla vulva, ce lo strusciò sopra, lo bagnò per bene dei miei umori gocciolanti; poi mi penetrò in un unico colpo deciso di bacino ed io sentii di spaccarmi in due in un misto di dolore e piacere laceranti. Mi tappai la bocca per non gridare.

"Ti faccio male?" mi chiese, con la voce rotta dal piacere.

"Chissenefrega, scopami!" urlai. Intanto Salvo continuava a penetrarmi con foga, infilandomelo ogni volta più in fondo, risuonando del bagnato della mia fica. Lo sentii iniziare a tremare.

"Sto per venire, cazzo. Dove lo vuoi?" mi ansimò nell'orecchio.

"In bocca..."

Salvo sfilò il bastone dalla mia passera fumante e continuò a sfregarselo con la mano, velocemente, il viso contratto in una smorfia di piacere così eccitante che iniziai a masturbarmi, mentre aspettavo di riempirmi del suo sperma. Aprii la bocca, presi la sua mano e me la misi tra i capelli, continuando a sfregarmi la clitoride, accucciata ai suoi piedi. Lo osservai masturbarsi con forza e, quando mi spruzzò di liquido caldo, riempiendomi la bocca, ero così eccitata che fui scossa da un orgasmo deflagrante. Rimasi accucciata a godermi brividi di piacere.

"Wow." mormorò Salvo, ancora tenendosi il membro in mano. "È stato... davvero intenso. Anche se non ho capito perché...". Lo zittii con un bacio fugace.

"Ti prego, non farmi domande. Prendi quello che è successo per quello che è." dissi. Poi mi ripulii in fretta, mi riaggiustai la gonna ed uscii dal bagno, lasciandomi alle spalle Salvo, con tutte le sue domande.

Il pomeriggio seguente mi ritrovai ad aspettare il professore fuori dalla biblioteca con un quarto d'ora d'anticipo. La scopata con Salvo mi aveva svuotata della passione del momento, ma non aveva cancellato quel desiderio graffiante e proibito che sentivo dentro. Anzi, forse aveva contribuito ad esacerbarlo. Avevo optato per lasciare i capelli sciolti, per una maglia che lasciava scoperte le spalle e un paio di shorts. Avevo messo dei volumi nella borsa a tracolla, anche se nel mio immaginario tutto intendevo fare in quell'ora, meno che studiare. Feci avanti e indietro davanti all'ingresso della biblioteca a passi frettolosi, controllando l'orario sul display del telefono e mi pentii di non aver lasciato al prof il mio numero di cellulare, per qualsiasi evenienza. Quando erano passate da cinque minuti le quattro del pomeriggio, lo vidi arrivare a passo svelto in fondo al viale ed il cuore mi sobbalzò in petto. Merigioli mi si avvicinò con aria un po' esitante. Io gli sorrisi.

"Buongiorno professore." esclamai, incapace di trattenere l'entusiasmo. Merigioli ricambiò con un cenno della testa e fece del suo meglio per nascondere l'imbarazzo.

"Buongiorno a te, Ziti."

"Beatrice, mi chiami Beatrice, per favore." dissi.

"In tal caso, chiamami Riccardo..." ribatté, porgendomi la mano per presentarsi. Le nostre mani si toccarono ed io tenni gli occhi fissi nei suoi, per scorgere anche la minima scintilla.

"Allora Beatrice... sei pronta?" disse. Il suo tono era tornato improvvisamente allegro. Mi fece strada all'interno della biblioteca ed io lo seguii docilmente. Non potei fare a meno di fissare lo sguardo sul suo fondoschiena perfetto, calzato in un paio di jeans neri, sulle spalle larghe, sui muscoli delle braccia che tendevano la stoffa della camicia leggera. Attraversammo un paio di corridoi fino ad arrivare in una sala grande, ingombra di tavoli rettangolari e circondata da un perimetro di scaffalature perpendicolari alle pareti, cariche di grossi volumi. Una luce polverosa entrava dalle finestre, alte fino al soffitto. La sala era praticamente vuota e noi prendemmo possesso del tavolo più lontano dall'entrata. Ci sedemmo e Riccardo sfoderò una serie di volumi di Diritto Civile dalla sua valigetta. Per un attimo ebbi il timore che avremmo davvero studiato. Fingendo di aver bisogno di vedere meglio, avvicinai la mia sedia alla sua, così che i nostri volti si potessero avvicinare per osservare le pagine e che le nostre cosce si sfiorassero. Gli rubai uno sguardo di sottecchi alle mie gambe nude, quando mi piegai a prendere i miei libri nella tracolla. Forse si stava chiedendo se anche oggi ero senza mutande. Mi sorrise e poi mi fece cenno di piegarmi sul libro per leggere, mentre lui si accingeva ad introdurmi il capitolo. Ero visibilmente annoiata. Mi guardai intorno, per sincerarmi che non ci fosse nessuno e poi, mentre lo guardavo affascinata, lasciai scivolare una mano sotto al tavolo, sulla sua coscia. Merigioli si interruppe subito.

"Che stai facendo?" mi chiese, facendo del suo meglio per simulare un tono autoritario. Io mi strinsi nelle spalle con un sorriso.

"Non sto facendo niente che anche tu non voglia..." mormorai, spostando la mano più su verso il suo inguine. Riccardo si dimenò sulla sedia, guardandosi intorno e mi spostò la mano.

"Devi aver capito male. Io sono qui per aiutarti a studiare!" sibilò, guardandomi dritto in faccia, a pochi centimetri dal mio viso.

"Pensavo ti fosse piaciuto spiare la mia fica da sotto il banco, l'altro giorno" bisbigliai, solleticandogli il collo con il mio respiro caldo. Riccardo chiuse gli occhi. Cominciai pian piano a baciargli il lobo dell'orecchio, a leccarglielo con la punta della lingua, per scendere poi sul collo, ma lui mi afferrò per le spalle e mi spinse via.

"Io non ho fatto nulla. Ho solo... guardato." abbassò il tono di voce, chinando il capo, imbarazzato. Gli sollevai il volto con due dita e, combattendo le sue resistenze avvicinai le labbra alle sue, sempre di più, fino a posarcele sopra delicatamente. Potevo sentire i suoi baffi solleticarmi la pelle.

"E ti è piaciuto, professore. Tu... vuoi... scoparmi." dissi, la mia voce era un sospiro che gli respiravo in bocca ad ogni bacio ed ogni volta che mi staccavo da lui lo sentivo ansimare più forte. "Non è vero? Tanto quanto io voglio scopare te." aggiunsi. Il professore annuì impercettibilmente.

"Ti piace la mia fichetta, vero?" chiesi ancora. Il professore annuì di nuovo. "Ti prego dimmelo, voglio sentirtelo dire..."

"Mi fa impazzire la tua fichetta." ansimò il professore e sporgendosi in avanti mi afferrò il labbro inferiore con i denti. Mugolai di piacere. Gli afferrai le mani e me le portai sulle tette, lo invitai a strizzarmele forte, a sentire sotto le dita i miei capezzolini diventare sempre più turgidi.

"Dimmelo ancora..." sussurrai, baciandogli avidamente il collo.

"Voglio bere dalla tua fichetta, mi fa impazzire." continuò il professore, continuando a massaggiarmi energicamente le tette. Con una mano scesi a palpargli il cavallo dei pantaloni e lo sentii di marmo, al mio tocco. Lo sentii sobbalzare, poi si guardò intorno in fretta e furia, mi prese per mano e mi trascinò verso l'ultimo, altissimo scaffale di libri in fondo alla sala di lettura.

"Vieni con me." disse. Mi poggiò con la schiena contro lo scaffale e tornò a baciarmi, a stringermi i seni nelle mani. Io mi abbassai la maglia e glieli mostrai. Riccardo si avvicinò e, tenendoli stretti nei palmi, se li ficcò in bocca, ciucciandoli avidamente, stuzzicandoli con la lingua e con i denti. Mentre si godeva le mie tette, io scesi di nuovo verso la sua verga marmorea. Gli slacciai i pantaloni, impaziente di arrivare alla carne, gli sbottonai la cerniera e gli infilai le mani nelle mutande. Quando lo tirai fuori, un brivido di piacere lo scosse dalla testa ai piedi. Crollai in ginocchio, cercandolo con la lingua. Gli succhiai i testicoli, facendolo mugolare tanto da doversi infilare un pugno in bocca per non far rimbombare il suono nel silenzio della sala, poi gli passai la lingua fino alla cappella, che circondai con le labbra. Tenevo gli occhi su di lui per non perdermi nemmeno un istante di quel piacere così arrapante. Solo una volta lubrificato tutto il suo manubrio con la mia saliva lo presi in bocca fino in fondo alla mia gola, così in fondo da farmi lacrimare. Continuai a succhiarglielo voracemente, sentendo in bocca il suo sapore dolce e la sua mano sulla testa che premeva per spingermelo sempre più in fondo. Me lo sfilai dalla bocca, per riprendere aria e Riccardo mi attirò a sé per baciarmi e sentire sulle labbra il suo stesso sapore.

"Oggi le porti?" mi ansimò nell'orecchio.

"Le mutande?" risposi, ridendo.

"Sì, dimmi se le porti." ripeté, in un rantolo eccitato.

"Perché non lo scopri da solo..." sussurrai.

Riccardo mi slacciò la cerniera degli shorts con mani frenetiche e mi strappò i jeans di dosso, ritrovandosi davanti la mia passerina nuda, depilata e, ancora una volta, calda e grondante di umori. Aprii le gambe e gli presi una mano per mettermela sulla clitoride. Sentendo quanto fossi bagnata, Riccardo si morse a sangue il labbro inferiore, si portò la mano alla bocca e si leccò il sapore della mia fica, per poi farlo leccare anche a me.

"Sei proprio una ragazzina perversa, che vai sempre in giro senza mutandine." esclamò Riccardo, assestandomi una sculacciata. Io gli bloccai la mano, ma ormai il suono aveva rimbombato per tutta la sala. Entrambi scoppiammo a ridere. Io gli saltai al collo e lo bacia, mordendogli a sangue il labbro, come lui aveva fatto prima da solo, per esorcizzare la voglia che avevo si scoparlo.

"Mi piace solo far eccitare i prof sexy come te..." risposi. Riccardo mi afferrò per i glutei, affondando le unghie nella carne e mi sollevò all'altezza del suo bacino. Mi sbatté con la schiena contro lo scaffale di volumi.

"Adesso devi stare zitta, ok?" bisbigliò. Io annuii ubbidientemente e senza preavviso sentii il suo bel cazzo dentro di me che finalmente mi scopava. Con le braccia possenti mi muoveva su e giù sulla sua asta turgida e la mia fichetta ci scivolava intorno, lubrificata dalla cascata di umori che mi infradiciavano fino alle ginocchia. Lo sentivo dentro ed era un piacere talmente forte da scuotermi il basso ventre. Iniziavo a gemere troppo forte, così il professore fu costretto a coprirmi la bocca con una mano, mentre mi ansimava davanti al viso, potevo vedere a pochi centimetri dal mio, le sue sopracciglia aggrottate, gli occhi strizzati in un'espressione quasi dolorante. A denti stretti, intanto, tratteneva i gemiti.

"È così stretta..." mugolò. Io mi aggrappavo con le unghie alla sua schiena possente, lasciandoci profondi segni. "Dio, la sento tutta!" ripeté, con la voce rotta dal piacere. Io cercai di zittirlo, spingendogli la lingua tra le labbra. Le nostre salive si mischiarono, colando sul mento e sul mio collo nudo. Sentivo di essere prossima a venire e per soffocare un grido, gli affondai i denti nella spalla. Il professore represse un grugnito di dolore misto a piacere, assestandomi uno schiaffo sul culo che rimbombò nuovamente nel silenzio della biblioteca. L'idea che ci potessero scoprire mi fece venire ancora più prepotentemente. Gli inondai il membro di umori.

"Così ti vengo dentro" la sua voce era un gemito quasi disperato. Con un'ultima spinta, si sfilò da me e, incurante del silenzio, si lasciò andare ad un mugolio di piacere, schizzandomi sul petto, mentre il corpo era scosso da spasmi incontrollati. Respirando in affanno, lo guardai dritto negli occhi, raccolsi il suo sperma con un dito e me lo infilai in bocca. L'intensità del suo sguardo, l'eccitazione ancora fremente che mi trasmise, mi fece quasi arrapare di nuovo.

"Sei proprio una piccola perversa." ansimò, sorridendo. Io ricambiai il sorriso. Ero prostrata da quell'amplesso così violento, eppure avrei ricominciato subito, mi sarei fatta scopare ancora e ancora e – a giudicare dal suo sguardo – doveva essere così anche per lui. Dalla tasca dei pantaloni mi allungò un fazzoletto e mi pulì il petto del suo stesso sperma. Ci rivestimmo con calma e prima di uscire allo scoperto, controllammo che in giro non ci fosse nessuno che potesse averci sentito. La sala era deserta. Tornammo al tavolo, scompigliati, sudati, con i volti arrossati e gli occhi ancora gonfi di piacere. Ci sedemmo al tavolo dove tutto era cominciato, davanti ai libri.

"Beh, direi che ora possiamo iniziare davvero a studiare, che ne pensi?" esclamò. Io annuii, anche se controvoglia. Riccardo mi avvicinò le labbra all'orecchio.

"Lo so, anche io ti scoperei ancora. Non è facile spiegarti Diritto civile sentendo ancora l'odore della tua fica sulle mani, ma vuoi passarlo questo esame, no?" aggiunse. Io scoppiai a ridere e, a quelle parole, percepii un brivido corrermi lungo la schiena.

"Non mi dispiacerebbe se diventasse una routine. Che ne pensi?" chiesi. Riccardo fece finta di pensarci su.

"Se continui a venire a lezione senza mutande, penso che potrebbe diventare una routine anche molto più spesso di due volte a settimana..." sentenziò. Poi, con un piede, allontanò la mia sedia dalla sua. "Distanza di sicurezza." disse e mi guardò con un sorriso complice.

"Sì, forse è meglio" acconsentii e, tirando fuori dalla tracolla il quaderno e la matita, per la prima volta feci del mio meglio per concentrarmi sull'argomento della lezione.

UN INTERROGATORIO PARTICOLARE

Fui tirato giù dal letto dal trillare prepotente del cellulare di servizio. Mi rigirai nel letto, alla ricerca dell'interruttore della luce. Accesi la abat-jour con gesto rabbioso e strizzai gli occhi, cercando il telefono alla cieca sul comodino. Riuscii a stringerlo in una presa ferrea.

"Chi è?" grugnii, con la testa ancora mezza affondata nel cuscino e la bocca impastata dal sonno.

"Caselle, signor Commissario, mi scusi per l'ora." trillò l'Agente di guardia dall'altra parte della linea.

"No, non credo che lo farò" e riattaccai. Buttai il telefono nel marasma di lenzuola e, voltandomi dall'altra parte, tornai in pochi secondi a russare come un trattore. Il telefono riprese a squillare dopo pochi secondi.

"Sono sempre Caselle, Commissario, non riattacchi, per favore. È una faccenda importante..." nella sua voce sottile, c'era un tono di supplica. Era una bella donna, l'Agente Caselle. Nel torpore del dormi-veglia che ancora mi intirizziva il corpo, mi apparve la sua immagine: il volto morbido, incorniciato da una cascata di ciocche bionde, occhi grandi, forme così generose da stare strette nella divisa, tanto che temevo sarebbe bastata la pressione di un dito a farle saltare via il primo bottone. Non che mi sarebbe dispiaciuto vedere esplodere fuori quelle tettone giganti. Ogni volta che la incrociavo a lavoro, cercavo di immaginare - per via di un gioco stupido che avevo inventato con me stesso - che tipo di intimo indossasse: ero arrivato alla conclusione che l'Agente Caselle fosse un tipo da tanga e reggiseno semitrasparente, di quelli con la cucitura rinforzata che, ad ogni movimento, solleticava appena il capezzolo; giusto quel minimo per farlo inturgidire un po'. Erano tutte elucubrazioni, ovviamente, frutto di una mente come la mia che – volente o nolente – non riusciva mai distogliere l'attenzione dal sesso. Eppure l'idea che un volto innocente come quello dell'Agente Caselle potesse nascondere un'indole sessuale disinibita, l'idea che potesse essere una che godeva all'idea di starsene tutto il giorno, dietro la scrivania, con la passerotta fradicia all'insaputa di chiunque, mi procurava un lento (seppure potente) inturgidimento del membro. Per cui, mentre tentavo di recuperare un briciolo di lucidità, la voce di Caselle mi risuonava squillante nell'orecchio ed io, spogliandola col pensiero, feci pian piano scendere la mano fino all'elastico dei pantaloni del mio pigiama. Accarezzai la mia asta in erezione, già bollente, gonfia e la circondai, stringendola con le dita. Nella mia mente, a cingermi, provocandomi fugaci brividi di piacere, non era la mia mano, bensì la boccuccia rosea di Caselle, con cui ogni mattina mi sorrideva dalla sua scrivania all'ingresso e con cui anche adesso mi stava parlando.

"... cinque membri della banda sono scappati, ma i colleghi arrivati sul posto sono riusciti a catturarne una. Si tratta di una sua vecchia conoscenza, signor Commissario." la sentii esclamare, dall'altra parte della linea. Mi ridestai immediatamente.

"Di chi stai parlando?" chiesi.

"Eva, della banda dei Sitara, signore." rispose lei. Io restai in silenzio, sorpreso. Dire che si trattasse di una mia vecchia conoscenza era un vero e proprio eufemismo. Erano anni che tentavo di mettere dentro lei, il marito e i loro quattro tirapiedi, eppure sembravano essere tutti inafferrabili come volute di fumo: arrivavano sul luogo, commettevano il colpo e poi sparivano, nel corso di quattro anni avevano fatto sparire centinaia di migliaia di euro. Ogni volta che mi sembrava di essermi avvicinato di più ad acciuffarli, mi scappavano più lontano. Ormai era diventata una questione personale. Talmente personale che ad ogni rapina la banda aveva iniziato a lasciare dei messaggi indirizzati appositamente a me ed, essendo tutti a conoscenza dei miei metodi e, soprattutto, delle mie profonde ed inguaribili pulsioni sessuali, si erano spesso divertiti ad immortalarsi durante atti più o meno complessi, che spesso arrivavano ad assomigliare a dei veri e propri porno. Più di una volta fui costretto, mio malgrado, ad ammettere che, per quanto fosse frustrante non riuscire a sbatterli tutti in galera, quella si stesse dimostrando una delle battute di "caccia all'uomo" più arrapante che mi fossi mai trovato ad affrontare. Una volta avevo potuto ammirare, dalla registrazione delle telecamere di sorveglianza di una banca, Eva Sitara, accucciata tra le gambe di suo marito e di un altro degli uomini della banda. Attorno a loro, gli ostaggi - legati in terra - assistevano alla scena in un misto di panico ed eccitazione, mentre il resto della banda svuotava le cassette di sicurezza. Eva, con un sorriso malizioso che si intravedeva al di sotto il passamontagna, segava avidamente con entrambe le mani, le mazze turgide di entrambi gli uomini, guardando verso l'occhio vigile della telecamera. Suo marito e l'altro uomo, con i pantaloni calati fino a terra, gemevano sonoramente, fino a venirle uno in bocca e l'altro per terra. A quel ricordo, la mia di mazza si gonfiò ancora di più e dovetti mordermi il labbro inferiore con forza per non far accorgere l'Agente Caselle che mi stavo masturbando, mentre ero al telefono con lei. Per di più l'idea che Eva Sitara fosse stata inaspettatamente catturata mi metteva su di giri e non vedevo l'ora di incontrarla e di interrogarla di persona.

"... così gliel'ho mandato sulla sua mail. D'accordo?" chiese Caselle. Grugnii sbrigativamente in risposta, pur senza avere la minima idea di cosa stesse parlando.

"D'accordo Caselle, grazie mille. Efficiente come al solito. Il tempo di farmi una doccia e arrivo" sentenziai.

Poi senza nemmeno aspettare che rispondesse, interruppi la chiamata. Era sempre più faticoso trattenere gli ansimi di piacere dovuti allo strofinare del palmo sulla cappella ormai bagnata. Mi alzai dal letto e mi diressi verso la sala da pranzo. Aprii lo schermo del computer e mi sedetti, abbassando già l'elastico dei pantaloni del pigiama, lasciando svettare la punta del cazzo. Mentre con una mano mi accingevo a cercare la mail che Caselle mi aveva inviato e che, a rigor di logica doveva contenere l'ultimo video della banda Sitara (che sarebbe stato quindi ottimo materiale di masturbazione), con l'altra continuavo ad accarezzarmi il flauto, gonfio e pulsante, mugolando, di tanto in tanto, di piacere. Trovai la mail e la aprii. Conteneva alcuni video, tra cui la registrazione delle telecamere di sorveglianza. Le immagini mostravano – sebbene in bianco e nero e non proprio nitidamente – Eva che si piegava a novanta su una scrivania, mostrando alla telecamera la sua passerotta non rasata, completamente spalancata. La vidi leccarsi voluttuosamente le due dita della mano destra e poi iniziare a passarsele tra le grandi labbra, poi leccarsi un dito della sinistra e accarezzarsi quel buchetto che mi dava l'idea di essere stretto e dolce. Continuò a stuzzicarsi solo dall'esterno e io godetti nel vedere le sue gambe tremare di piacere. Poi vidi che le si avvicinavano altri due uomini e che, approfittando degli umori copiosi che ormai l'avevano ampiamente lubrificata, la penetravano sia davanti che dietro, facendola gemere ed aggrappare con forza alla scrivania. Io non feci in tempo a servirmi di un fazzoletto, perché l'immagine della doppia penetrazione mi causò uno stimolo di eccitazione talmente forte da farmi schizzare sullo schermo del computer, con un ruggito di piacere trattenuto tra i denti.

"Bastardi..." sogghignai, tra me e me. Poi, con la verga ancora tra le mani, mi alzai e mi diressi verso la cucina. Tornai con uno scottex, per pulire il disastro che avevo combinato. Sospirai profondamente, cercando di godermi la sensazione di quell'eiaculazione così potente ed improvvisa. Poi decisi di mettermi a fare seriamente il mio lavoro: rinfoderai la spada - ormai non più turgida e dolorante per l'eccitazione - mi passai una mano sul viso, nel tentativo di svegliarmi e mi accorsi della barba che ormai da qualche giorno, ci cresceva come erbaccia incolta. Mi ripromisi di radermi prima di uscire. Poi mi rimboccai le maniche del pigiama e tornai ad osservare i video dell'ultima rapina - con occhio professionale stavolta – nel tentativo di cogliere qualche dettaglio delle identità dei complici.

Arrivai in commissariato che si erano già fatte le dieci del mattino. Non erano state tanto la doccia o la rasatura a portarmi via del tempo, quanto il pretendere da me stesso di riguardare i video di sorveglianza ancora e ancora per scovare indizi sulla banda. Il messaggio che i Sitara avevano deciso di lasciare per me era situato proprio in mezzo, per cui mi ero dovuto sorbire i gemiti disperati di piacere di Eva, nel sentirsi penetrata da un'asta a dir poco poderosa da dietro e da una più piccola, ma che affondava in lei con altrettanto vigore da davanti. Di fronte al suo viso deformato dalle smorfie di godimento e al pensiero di poter riempire quella sua bocca spalancata col mio bastone, era stato parecchio difficile ritrovare ogni volta la concentrazione per lavorare.

Quella reputazione di satiro, fissato col sesso, me l'ero costruita in anni ed anni di duro lavoro. A lungo me n'ero vergognato, pensando che quella mia inclinazione ossessiva mi avrebbe per sempre precluso qualsiasi tipo di esistenza e professione si avvicinassero anche solo lontanamente ad un'idea di normalità. Certo, non era facile trovare una donna fissa con cui condividere la vita e dovevo ammettere che spesso mi sentivo solo in quell'appartamento enorme pensato per una famiglia intera, ma ad essere brutalmente sinceri, erano più le donne che si erano allontanate per paura del mio lavoro che per paura della mia patologica inclinazione al sesso. Così, col tempo ci avevo fatto l'abitudine e addirittura, nella maggior parte dei casi, gli altri avevano imparato ad accettarmi e ad ammirarmi per questa mia caratteristica. Molte incallite criminali avevo fatto confessare grazie ai miei "metodi" poco ortodossi e di molti criminali avevo il rispetto, per lo stesso motivo. Oltre che per il fatto che, modestia a parte, sapevo fare bene il mio lavoro.

"Ben arrivato!" mi salutò Caselle, col suo solito sorriso raggiante. Ricambiai con un cenno del capo, approfittando per lanciare uno sguardo di sottecchi a quelle enormi tettone, pericolosamente schiacciate nella divisa da agente di polizia. Mi appoggiai alla scrivania.

"Allora? Novità sulla Sitara?" chiesi, con un sorriso sornione.

"È in sala interrogatori. Hanno provato a cavarle fuori il luogo in cui si nascondono i complici, ma niente. Dice che vuole parlare solo con lei." ammiccò, con uno sguardo malizioso che le vedevo raramente e che, lo ammetto, trovavo particolarmente arrapante su quel suo visetto angelico. Gliel'avrei visto bene, quello sguardo, con la mia verga dura in bocca. Mi schiarii la voce e mi passai velocemente una mano sul viso per togliermi dalla testa quell'immagine fuori luogo.

"Pensi che a me confesserà?" chiesi, con la voce ancora un po' arrochita. Caselle mi squadrò con aria dubbiosa.

"Non saprei, Signore. Ma di certo quella donna ha in mente qualcosa." mormorò, sorridendo. Poi si strinse nelle spalle e mi fece cenno di andare, mordendosi appena il labbro inferiore. Mi sembrò di intravederla stringere le cosce, prima di tornare a sedersi dietro alla scrivania, forse nel tentativo di stimolarsi la clitoride senza toccarsi. Per quella che, nella mia fantasia, era una donna maliziosa e deliziosamente perversa, sapere di avere davanti un uomo che soffre all'idea di non poterla sbattere violentemente sulla scrivania più e più volte, scoperchiandole quelle tette enormi per strizzarle e baciarle, doveva essere una sensazione di sottile piacere masochistico da godersi in solitudine. O forse mi stavo solo immaginando tutto per alimentare le mie fantasie erotiche e l'Agente Caselle era in realtà solo il fulgido esempio di castità che sembrava essere per tutti.

Ad ogni modo, ora poco importava, perché mi stavo per dirigere dritto nella tana del lupo; tra le grinfie della donna che da anni provocava i miei sogni erotici più estremi e, allo stesso tempo, le mie più grandi frustrazioni professionali e, Dio solo sa, se non me la sarei voluta scopare a sangue per entrambi i motivi.

Mi diressi a passi svelti verso la sala interrogatori, dove mi intercettò il mio vice, porgendomi una tazza di caffè.

"Mi salvi la vita con questo." esclamai, bevendone avidamente un sorso, col rischio di scottarmi la lingua.

"Ti avverto... la ragazza qui, è un osso duro" rispose lui, con un profondo sospiro. "Sono ore che andiamo avanti e non siamo riusciti a cavarle manco mezza parola. Dice che vuole solo te" si strinse nelle spalle. "Tutte le fortune..." aggiunse poi, con un mezzo sorriso. Io gli strizzai l'occhio e, stringendo la tazza bollente nella mano, per cercare di placare i pensieri ardenti che già mi si andavano formando nella mente, entrai nella sala interrogatori. Eva era seduta con le spalle chine, i lunghi capelli ramati che le scivolavano sulle spalle, ammanettata al tavolo. I tratti duri del volto emanavano comunque una forte sensualità: il taglio obliquo degli occhi, truccati di nero, il naso affilato, le labbra rosso fuoco. Il collo bianco e sottile, la linea delle scapole si perdeva in una profonda scollatura che le lasciava scoperta una spalla e i fianchi morbidi, erano stretti in un paio di jeans strappati che lasciavano ben poco spazio alla fantasia. Ai piedi portava un paio di stivali da uomo. Quell'aria trasandata da maschiaccio aveva un che di profondamente sensuale. Non appena mi chiusi alle spalle la porta, sollevò lo sguardo su di me e si passò la lingua sulle labbra.

"Finalmente ci incontriamo..." bisbigliò. La sua voce era graffiata, come la puntina di un giradischi sul vinile. Mi fece tornare in mente il suono dei suoi lamenti di piacere ascoltati così tante volte sulle registrazioni delle telecamere di sicurezza e faticai a controllare un brivido di eccitazione.

"È un po' che i tuoi colleghi mi tengono qui. Non mi hanno offerto nemmeno una sigaretta. Spero che tu sarai un po' più buono con me..." mi osservò nel profondo degli occhi e potei scorgere un desiderio famelico.

"Cosa ti fa pensare che dovrei esserlo?" chiesi, ostentando una grande sicurezza. Afferrai la sedia di fronte alla sua e mi ci lasciai cadere sopra di peso.

"Ti abbiamo fatto così tanti regali in questi anni. Mi aspetterei un minimo di riconoscenza" disse Eva, sporgendosi verso di me. La maglia sottile che indossava rivelò la forma del suo seno, due bisacce tenere, che sarebbero potute entrare comodamente nel palmo delle mie mani. Le contemplai di sottecchi. Dovevano avere un'aureola grande, chiara, dolce, con un capezzolino minuscolo, perfetto da mordicchiare. Eva seguì il mio sguardo fino alla sua scollatura e, con aria maliziosa, si coprì, facendo tintinnare le manette.

"Qualcosa non va, Commissario?" chiese. Io tornai ad alzare gli occhi su di lei.

"Siete stati molto bravi, fino ad ora, non c'è che dire. Ma adesso sei qui e ti assicuro che, anche dovessero volerci dei mesi, ti tirerò fuori il nome del posto in cui si nascondono gli altri." sentenziai in tono lapidario. Eva sgranò gli occhi e non riuscii a capire se fosse più sorpresa o vagamente eccitata da quel mio tono autoritario.

"Sarei curiosa di sapere come hai intenzione di fare... non vorrai mica picchiare una signorina?" mormorò poi, abbassando il tono. Io risi.

"Non vedo nessuna signorina qui dentro, Sitara. Solo una criminale. Ed è giusto che ti tratti come tale." le dissi.

"Il tuo nome ti precede, Commissario. Spero non vorrai deludermi." esclamò Eva, facendo schioccare la lingua, come se già pregustasse chissà quali trattamenti. "Posso dirti che non ho la minima intenzione di parlare." aggiunse.

"Non esserne così sicura." ribattei e questa volta fui certo di percepire un fremito percorrerle il basso ventre. Si appoggiò allo schienale della sedia e allargò le gambe. Fui certo di avvertire, salirmi alle narici, l'odore intenso della sua fica e, vedendola ammanettata al tavolo, mi si presentarono nella mente una serie di immagini che non vedevo l'ora di mettere in pratica. Mi controllai a fondo nella tasca della giacca e tirai fuori un accendino e un pacchetto di sigarette. Gliene porsi una. Eva la strinse delicatamente tra indice e medio, mostrando le unghie laccate di rosso e se la portò alle labbra. Io mi avvicinai al suo viso e gliela accesi.

"Questo è l'ultimo gesto gentile che farò per te, sappilo." bisbigliai ad un centimetro dal suo viso.

Feci un salto nel mio ufficio a prendere quelli che avevo imparato a definire gli "attrezzi del mestiere"; li sentivo pesare nella sacca che tenevo salda tra le mani, mentre mi dirigevo di nuovo alla sala interrogatori. Mi affacciai alla soglia della stanza accanto. Il mio vice, insieme all'Agente Caselle, stavano discutendo della faccenda Sitara, con aria concentrata. Catturai al volo uno sguardo del mio fidato braccio destro al seno prosperoso di Alice Caselle, che sembrò non accorgersi di nulla. Sperai che restassero lì a guardare, mentre mi prendevo il mio tempo per interrogare Eva, sfruttando fino in fondo le mie capacità, sviluppate in anni di pratica. L'idea che lui, esasperato dalla troppa eccitazione, potesse iniziare a baciarla, a spogliarla e poi a scoparla da dietro il vetro, mentre io ero intento a lavorarmi la mia criminale, mi faceva scaturire una certa tensione al cavallo dei pantaloni. Cercai di tornare lucido. Mi schiarii la voce.

"Tutto tranquillo qui?" chiesi.

"Sì, sì, non si è mai mossa. Ha solo fumato." rispose l'Agente Caselle, scattando in piedi. Le tettone le ballonzolarono contro il petto e non potei fare a meno di fissargliele per un secondo, poi le feci segno di restare pure seduta.

"Bene, allora io vado dentro e provo a torchiarla un

po'. Soliti metodi di partenza. Se è così dura come credo io non cederà subito. Ma da qualche parte bisogna pure iniziare." sentenziai. "Mi raccomando, telecamere spente. Accendete solo i microfoni, per eventuali confessioni." continuai.

"Vuole che restiamo qui?" chiese Caselle ed un lieve rossore le si diffuse sulle guance pallide.

"Potete restare, se volete." le dissi, sorridendo.

"D'accordo. Mi hanno sempre incuriosito i suoi metodi di lavoro, ma non ho mai assistito prima d'ora..." sussurrò, abbassando gli occhi. Quel suo imbarazzo mi fece ripensare a tutti i pensieri poco galanti che avevo avuto su di lei. Forse non era poi tanto disinibita e perversa come l'avevo immaginata e questo non fece che aumentare la mia eccitazione nei suoi confronti.

"Sarà un piacere per me sapere di avere del pubblico così affezionato." le posai una mano sulla spalla e sorrisi. Sentire la sua pelle morbida e calda al di sotto della divisa da poliziotta mi fece ardere il palmo della mano. Mi sorrise di rimando. Uscendo, strizzai l'occhio al mio vice.

"Noi allora restiamo a controllare che sia tutto sotto controllo." mi disse lui. Io gli feci un cenno complice e li lasciai soli. Potei intravedere, mentre mi chiudevo la porta alle spalle, che l'Agente Caselle posava le mani sul vetro e osservava con aria rapita Eva Sitara, seduta nella sala interrogatori.

Con la mia sacca degli attrezzi stretta in mano, entrai nella stanza e lei mi accolse con un sorriso tremante di aspettativa. Il rosso delle sue labbra mi fece rabbrividire di piacere e acuì un'erezione già abbondantemente gonfia dentro i pantaloni. Mi avvicinai al tavolo e posai la sacca sulla sedia.

"Bene. Iniziamo." esclamai, controllando che la spia rossa delle telecamere si fosse spenta. Eva si leccò le labbra lentamente. Mi cominciai ad aggirare a passi lenti per la stanza, fino ad arrivarle alle spalle, mentre lei tentava di seguirmi con lo sguardo. Quando le fui dietro, afferrai la sedia e gliela sfilai energicamente da sotto il sedere, facendola crollare a terra. Il rumore dei suoi polsi ammanettati che sbattevano sul tavolo rimbombò per tutta la stanza. La afferrai per i capelli, portando il mio corpo stretto al suo, tanto da sentire il calore della sua schiena contro il mio petto.

"Dimmi dove sono i tuoi complici e sarò buono..." le sibilai in un orecchio. Eva gemette. Il suo verso era un insieme di dolore e piacere. Scoppiò a ridere e l'odore di nicotina del suo alito irrigidì a tal punto la mia asta che sentii Eva inarcare la schiena per poterci strusciare contro il suo bel culo prosperoso.

"E se non volessi?" ansimò. Le tirai i capelli ancora più forte, inclinandole la testa all'indietro. Avevo le sue labbra ed il suo collo davanti a me, pronti per essere leccati e morsi.

"Cosa? Dirmi dei tuoi complici o che io sia buono con te?" le chiesi in un sussurro, avvicinando la bocca alla sua pelle, sfiorandola appena. La sentii rabbrividire e una risata gorgogliante le si arrampicò in gola.

"Magari nessuna delle due cose." disse. Le lasciai

andare i capelli e lei crollò di nuovo in ginocchio per terra con un mugolio soffocato.

"Per una delle due cose posso accontentarti subito."

Mi accostai alla mia sedia e, dalla sacca, tirai fuori un nastro di seta nero. Tornandole alle spalle, la afferrai energicamente sotto le ascelle e la feci alzare in piedi, poi le passai il nastro sugli occhi e glielo legai stretto dietro la testa. Afferrai due lembi della maglia bianca e la strappai con forza, lasciandole il petto nudo. Le tette le ballarono libere sul petto. Erano piene, soffici, grandiose, ci avrei volentieri strusciato in mezzo il mio badile, ormai talmente rigido da fare male, ma non ero lì per soddisfare le mie voglie. Gliele afferrai con forza inaudita e le schiaffeggiai. Ad ogni contatto la intravedevo sussultare e sorridere, il suo volto si faceva rosso di piacere. Le posai una mano sulla schiena e le spinsi il busto contro il tavolo. Gemette, non appena i capezzoli impattarono contro la superficie fredda del tavolo. Con le mani sui suoi fianchi, mi godetti la sensazione del mio cazzo, intrappolato nei pantaloni, sulle sue belle chiappette tonde e sode. Le diedi un paio di decisi colpi di bacino a cui lei rispose con un mugolio. Poi le abbassai insieme i pantaloni e le mutande in un solo gesto. Le schiaffeggiai entrambe le natiche a mani piene, ascoltando ad occhi chiusi il rumore del mio palmo contro la sua carne. La schiaffeggiai ancora e lei gemette più forte.

"Eh no... così non va bene." mormorai, tirandole un'altra sonora sculacciata, a cui lei rispose con un gemito prolungato, mordendosi il labbro.

"Che succede Commissario? Ti piacciono mute le tue signore?" ansimò Eva. Io aggirai il tavolo e presi dalla sacca un pezzo di stoffa rossa. Le sollevai il mento, avvicinando le mie labbra alle sue, tanto da sfiorarle.

"Le mie signore no, ma quelle come te, sì." dissi. Eva tentò di mordermi ed io, approfittando della sua bocca aperta, le legai il pezzo di stoffa tra i denti. Poi, seguendo il contorno della sua schiena con la punta delle dita, affondando le unghie nella carne, tornai alle sue spalle. Con una sculacciata energica, saggiai la riuscita dell'espediente appena messo in atto. Eva mugolò ed il suo verso fu soffocato dalla stoffa. Socchiusi gli occhi e gettai all'indietro la testa, investito da un'onda di piacere. Le spalancai le gambe con un gesto repentino e constatai che le sue cosce erano già copiosamente bagnate di umori. Le sfiorai l'interno delle cosce con le dita, pizzicando la carne, fino ad arrossarla, passai intorno alle grandi labbra senza toccarle, le spalancai le natiche e compii dei cerchi concentrici intorno al suo minuscolo buchetto bagnato, sentendolo contrarsi sotto le mie dita, come se mi stesse implorando di penetrarlo con forza; ma io non lo feci. Mi limitai a sfiorare. Con una mano le accarezzavo appena il culo e con l'altra le facevo sentire la presenza di un dito sulla clitoride, avanti e indietro, talmente leggera da portarla al limite della sopportazione. Eva iniziò a muovere il bacino sempre più freneticamente verso le mie mani, cercando da sola il piacere che io procrastinavo a darle.

"Che succede? Non ti basta, per caso?" sussurrai. Mi chinai tra le sue gambe, tenendole le natiche ben aperte con le mani e diedi un solo colpo di lingua ben assestato sulla clitoride. Mi gustai il liquido caldo che colò dalla sua fica grondante direttamente nella mia bocca. La sentii grugnire e contrarre le cosce, aggrapparsi al perno a cui erano attaccate le manette. Le succhiai avidamente la clitoride, stuzzicandola con la lingua nella mia bocca. Per poi iniziare a leccarla freneticamente. Con la fronte contro il tavolo, Eva gemeva così forte che sembrava stesse piangendo. Quando la sentii arrivare al limite, lanciare grida soffocate sempre più acute, staccai la bocca da lei. La sentii sbattere un pugno sul tavolo, in un gemito disperato. Io mi pulii il mento che colava dei suoi umori, di cui avevo piene le narici.

"Come dici scusa? Vuoi che continui? Non capisco..." esclamai, ridendo. Eva provò a dire qualcosa, ma le sue parole andarono perse nella stoffa che le copriva la bocca. Allora mi stesi sopra di lei, facendole sentire chiaramente la mia asta dura contro la schiena e le abbassai il bavaglio. La ascoltai ansimare, mentre le leccavo voluttuosamente il collo, mordicchiandole una spalla.

"Voglio sapere dove si trovano, altrimenti mi fermo." dissi e mentre con i piedi, puntati contro i suoi, le tenevo spalancate le gambe, con la mano continuavo ad accarezzarla delicatamente, dall'ano alla fica, alla clitoride e vice-versa, soffermandomi ogni volta sulla sua fessura pulsante e bagnata, facendole pregustare qualche millimetro di penetrazione e poi subito tirandomi indietro. Potevo vedere il suo viso, nonostante la benda, contrarsi di un godimento frustrato.

"Non fermarti, cazzo!" mi supplicò, ansimando.

"Allora dimmi dove sono..." ribattei io, facendo entrare lentamente un dito nella sua splendida fica bollente. A pochi centimetri dal suo viso mi inebriai di ogni gemito. Infilai un secondo dito e iniziai a muoverli come un'onda dentro di lei, percependo le sue pareti soffici contrarsi su di me.

"Dimmelo e io non mi fermo... anzi ti scopo come non ti hanno mai scopata prima." sussurrai, mentre le mie mani continuavano a muoversi sempre più veloci. Infilai un terzo dito e la scopai brutalmente, stimolando con il pollice anche quel suo dolcissimo buchetto di culo, infradiciandomi la mano di umori fino al polso. Con l'altra mano le tenevo il viso vicino al mio, la sentivo gridare tra i denti di un piacere quasi insopportabile.

"Sto venendo!" urlò ed io all'istante mi fermai. Ritrassi la mano dalla sua farfallina in fiamme, gonfia di piacere, che avevo congelato proprio sul più bello, e il dito dal suo culetto – anche quello bagnatissimo e pronto per essere penetrato. Eva si divincolò in un lamento di frustrazione.

"Pezzo di merda!" gridò. Cercò di scalciare alla cieca, ma io le rialzai il bavaglio sulla bocca e mi spostai a distanza di sicurezza.

"Te l'avevo detto, dolcezza. Tu mi dici dove si trovano i tuoi complici e io ti faccio avere l'orgasmo migliore della tua vita. Altrimenti ti lascio a fica asciutta... anzi non proprio, ma insomma hai capito che intendo. Io sono un uomo di parola." le dissi, accarezzandole dolcemente una natica con la punta delle dita. Mi annusai la mano e non potei fare a meno di palparmi con veemenza il cavallo dei pantaloni nel sentire l'odore intenso della sua fica, di cui avevo zuppe entrambe le mani. Mi leccai lentamente le dita e sentire il suo sapore in bocca non aiutò affatto. Sentii il cazzo agitarmisi tra le gambe come un serpente. Mi serviva una pausa.

"Non ti dirò dove sono mio marito e gli altri, te lo puoi scordare." gridò Eva, ancora scossa dai tremiti di quell'orgasmo a metà.

"Peggio per te." replicai. "è piuttosto frustrante non venire mai, non trovi?" aggiunsi. Poi, senza nemmeno darle modo di rivestirsi, mi incamminai a passi veloci verso la porta ed uscii.

Inserii un paio di spicci nella macchinetta del caffè e attesi impazientemente che si riempisse il bicchierino di plastica. Avevo bisogno di ingerire del liquido caldo. Tirai fuori una sigaretta dal pacchetto che tenevo in tasca e me la infilai in bocca.

"Te lo dicevo che è un osso duro quella." il mio vice mi apparve alle spalle. Mi voltai e lo vidi scompigliato e rosso in viso. Mentre parlava, si sistemò gli ultimi bottoni della divisa. Intuii che lo spettacolo doveva aver sortito un ottimo effetto sul mio sparuto pubblico.

"Già, ma sono fiducioso" affermai. Non nego che mi sentii piuttosto invidioso. Mentre lui si era goduto una scopata di sicuro soddisfacente, a giudicare dall'espressione che aveva in volto, io dovevo portarmi ancora appresso un'erezione pulsante e dolorosa. Per quanto amassi il mio lavoro e per quanto avessi fantasticato a lungo su Eva e sui metodi che avrei usato su di lei una volta catturata, mi frustrava l'idea di poter finalmente appagare quegli istinti così prepotenti che sentivo, solo con una misera sega una volta tornato a casa o nel bagno del commissariato. Più che altro perché avevo il sentore che non sarei riuscito a reggere molto a lungo in quelle condizioni, di certo non per un'altra ora di interrogatorio. Assestai una pacca orgogliosa sulla spalla del mio vice e, preso il caffè fumante dalla macchinetta, tornai a dirigermi verso la sala interrogatori. Lo bevvi tutto d'un fiato nel tragitto, scottandomi la lingua. Prima di prendere la porta grigia che mi avrebbe riportato da Eva, mi sovvenne un pensiero. La curiosità di entrare nella stanza dove si era consumato il rapporto tra il mio vice e l'Agente Caselle, il desiderio di inebriarmi dell'odore del loro sesso, mi colse all'improvviso. Magari avrei avuto la fortuna di cogliere Alice ancora con un lembo di pelle scoperta. Senza rifletterci troppo, decisi di entrare. Quando i miei occhi si furono abituati alla penombra fui colto di sorpresa nell'accorgermi che la fortuna in cui speravo era stata di gran lunga maggiore. L'odore di sesso era ancora pregnante nella sala e dell'Agente Caselle, non solo riuscii a scorgere qualche lembo di pelle, bensì l'intero corpo ancora del tutto nudo. Era seduta sulla scrivania addossata alla parete, con la schiena contro il muro. Il corpo bianco, dalle forme sinuose di una Venere botticelliana, con i capelli scompigliati e biondi che le ricadevano sul corpo a coprire il seno. Respirava ancora in affanno e sul volto brillavano gli occhi della donna che è stata appena scossa da un forte orgasmo; sulle guance quel rossore da bambina che mi fece tremare di nuovo di eccitazione. Nel vedermi fece per coprirsi, ma io mi avvicinai, senza parlare, gettai a terra il bicchiere di caffè ormai vuoto e la sigaretta, le scostai le mani dal seno e iniziai a baciarlo, avidamente, bagnandolo di saliva. Leccai i suoi capezzoli già stanchi e sensibilizzati da un precedente amplesso. Quasi per un riflesso incondizionato, le sue gambe si aprirono a me, non appena la mia lingua incominciò a muoversi sulla sua pelle. Gettò la testa all'indietro con un sospiro, le sue labbra si schiusero e le sopracciglia si sollevarono in un'espressione dolente di piacere. Mi infilò una mano tra i capelli e io affondai ancora di più il volto tra le sue tette giganti, su cui da tempo fantasticavo. Non resistevo più, avevo bisogno di sentire il mio cazzo dentro di lei. Con mani frettolose, mi slacciai la cinta e i pantaloni, li abbassai quanto serviva per liberare il mio bastone dalle mutande e finalmente lo tirai fuori. Era così duro, venoso e pulsante che pensavo sarebbe esploso di lì a poco. Non sarei durato molto, ma avevo bisogno di sentire intorno a me le sue pareti soffici e calde, di affondare dentro di lei, di spingermi forte fino in fondo e sentirla godere. La afferrai con forza per le natiche e la sdraiai sulla scrivania.

"Scusa la ruvidezza, Caselle, ma ho bisogno di scoparti." ansimai, strusciandomi sulla sua vulva bagnata; lei rabbrividì di piacere.

"Non aspettavo altro..." sussurrò. Sarei potuto venire anche solo con quelle parole. Con un unico gesto deciso la penetrai, attirandola a me per farle sentire quanto fossi duro ed eccitato dentro di lei. Riuscì a prendermi tutto dentro, fino alla base della mia asta ed il rumore dei miei fianchi contro i suoi, del mio bastone che entrava ed usciva dalla sua passera di nuovo fradicia – nonostante il recente amplesso – contribuirono a farmi perdere velocemente lucidità. Non riuscii a trattenere gemiti di piacere che somigliavano più a dei ruggiti. La mia voce si mischiava alla sua, flebile, rotta dal rimbalzo delle spinte violente del mio bacino.

"Più forte, più forte!" mi supplicò, aggrappandosi ai miei glutei per spingermi ancora più a fondo dentro di lei, ancora più brutalmente.

"Cazzo, quanto mi ecciti. Io sto già per venire..." farfugliai, ormai perso nell'estasi del piacere.

"Prendo la pillola, ti prego, sborrami dentro!" ansimò, guardandomi dritto negli occhi. Sentir uscire quelle parole - così dirette - dalla sua bocca, mi fece arrivare al culmine e, con un altro paio di spinte secche e violente, eiaculai dentro di lei. Sbattei un pugno sulla superficie della scrivania, strizzando gli occhi e una scarica elettrica di potenza devastante mi attraversò il corpo. Alice mi affondò i denti nella spalla, soffocando un urlo ed io potei percepire una cascata dei suoi umori bagnarmi le palle. Rabbrividii di piacere dalla testa ai piedi. Restammo fermi, ansimanti e stretti uno sopra l'altra per qualche istante. Poi ci staccammo.

"Non pensavo fossi così." le dissi, sussurrando a pochi centimetri dal suo viso. Il sorriso che mi rivolse avrebbe potuto illuminare a giorno l'intera stanza. "O meglio, in realtà prima sì, poi ci avevo ripensato."

"Avevi fatto male" mi disse lei, abbassando gli occhi. Poi mi posò un bacio leggerissimo in punta di labbra. Mi sfilai da lei e cominciai a pulirmi con un fazzoletto.

"Mi piaci, Commissario." esclamò Alice. Mi voltai a guardarla e la trovai a fissare oltre il vetro della sala interrogatori, dove Eva era ancora nella posizione in cui l'avevo lasciata. "Mi ecciti, mi eccita quello che fai. È sempre stato così. E il modo in cui hai toccato quella donna, oggi me lo ha confermato." aggiunse. Poi alzò lo sguardo su di me.

"È difficile starmi accanto, Agente Caselle. Direi quasi impossibile." sentenziai e mi accorsi che nella mia voce c'era una certa malinconia che non avevo mai notato prima o che forse non notavo da tempo.

"A meno che uno non sia come te." ribatté lei. Mi rivolse uno sguardo enigmatico al quale non seppi rispondere. Mi limitai a fissarla. Poi Alice si alzò e iniziò a ripulirsi con cura. Dopo pochi minuti le sue forme magnifiche sparirono sotto la solita divisa di sempre. Si legò i capelli sulla nuca e si mise di nuovo a sedere.

"La aspetto qui quando ha finito. Sono curiosa di

vedere come ha intenzione di portare avanti questo interrogatorio..." disse, rivolgendomi uno sorriso malizioso. Quel ritorno ad un distacco professionale mi lasciò sorpreso. Soprattutto contando che io ero ancora con l'asta di fuori. Per cui provvidi a rivestirmi con cura.

"Bene." risposi. Raccolsi il bicchiere di caffè e la sigaretta che avevo gettato entrando e mi diressi verso l'uscita, tentando di recuperare il mio aplomb.

"Ah!" mi richiamò lei. Mi voltai di scatto. "Se dovesse interessarle, comunque..." continuò, senza guardarmi, "Io stacco alle nove e mezza e adoro il sushi." Sorrisi, cercando di evitare che mi vedesse. Poi rimisi in bocca la sigaretta e, uscendo, mi chiusi la porta alle spalle.

Rientrai nella sala interrogatorio con tutt'altro spirito rispetto a come l'avevo lasciata. Eva, invece, era ancora lì e sembrava piuttosto sofferente. Sobbalzò nel sentire la porta chiudersi. Le rimossi il bavaglio.

"Ce ne hai messo di tempo, mi si sono addormentate le gambe..." esclamò. Io sorrisi, anche se sapevo che non poteva vedermi. Quel sorriso, però, non era per lei. Ormai lo spettacolo era per Alice che sapevo mi stava guardando dall'altra parte dello specchio. Mi avvicinai ad Eva a passi lenti.

"Hai cambiato idea, per caso?" le chiesi, passandole una mano tra i capelli. Lei rise.

"Certo che no..."

"Molto bene." affermai. "Riprendiamo da dove avevamo lasciato, allora, ti va?" aggiunsi. Le girai intorno e la issai di peso sul tavolo, a pancia in su, in modo che i polsi ammanettati le restassero distesi sopra la testa. Le sfilai le scarpe, le strappai di dosso i pantaloni. Poi, con estrema calma, estrassi dalla sacca una corda, le divaricai le cosce e le legai le caviglie alle gambe del tavolo, per evitare che potesse chiuderle.

"Facciamo le cose sul serio, adesso..." mormorò lei, con un tremolio eccitato nella voce. Osservai il suo corpo completamente nudo, la pelle d'oca per il contatto con il tavolo di metallo freddo, i capezzolini turgidi sulle aureole grandi e rosa, la pancia morbida, i fianchi larghi, la fica spalancata e ancora fradicia. Le rimossi anche la benda. Volevo che vedesse. Infilai di nuovo la mano nella sacca e ne estrassi un vibratore. Lo accesi al minimo ed iniziai a passarlo delicatamente sui suoi capezzoli duri, godetti degli spasmi del suo corpo immobilizzato al contatto con la vibrazione. Eva strizzò gli occhi e mugolò appena.

"Lo sai che sarà una tortura, vero?" le chiesi. Eva annuì, mordendosi il labbro con forza.

"Vediamo che sai fare, Commissario..." ansimò. Aumentai la vibrazione e lei mugolò più forte. Tra l'indice ed il pollice le presi l'altro capezzolo ed iniziai a strizzarlo, a tirarlo. Eva si divincolava, ma la corda che le stringeva le caviglie le impediva qualsiasi movimento, anche il più piccolo, e la sua bella fichetta continuava a gocciolare. Con il vibratore scesi lungo la pancia, fino ad arrivare all'inguine, seguii il contorno delle grandi labbra e, a cerchi concentrici, mi avvicinai alla clitoride, ad una lentezza esasperante. Poi scesi fino alla fica, feci per penetrarla e tornai su, verso la clitoride gonfia e calda. Aumentai ancora la vibrazione. Eva tentò di serrare le gambe in uno spasmo di piacere, ma io allontanai il vibratore.

"Ancora niente?" chiesi. Eva mi guardò col viso stravolto e scosse la testa. Tornai a straziarle la clitoride col vibratore, muovendolo avanti e indietro, poi a grandi cerchi, beandomi del suo mugolare disperato. Intanto, con l'altra mano presi dalla sacca un dildo di vetro di dimensioni abnormi. Al solo vederlo, un fiotto di liquidi le schizzò dalla fica.

"Ah, così non vale." esclamai, con un sorrisetto e, prontamente, mi allontanai, lasciandola a contorcersi.

"No, ti prego, ti prego, continua, ti prego..." mi supplicò.

"Allora dimmi dove."

"No" rispose, ma la sua voce era sempre meno convinta.

"Molto bene..." continuai. Mi posizionai tra le sue gambe e prima di procedere, lanciai uno sguardo verso lo specchio. Al pensiero che Alice potesse starsi masturbando, alla vista di quella scena, il mio cazzo tornò a farsi duro. Strofinai il dildo sulla fichetta di Eva, ormai pronta ad essere penetrata, bagnatissima e lo feci entrare ad una lentezza spropositata. Eva cercò di inarcarsi per prenderlo più in fretta, ma io la guidai a mio piacimento. Il dildo era grosso, eppure la sua passera morbida lo inglobò tutto, quasi fino alla base. Lo spinsi bene fino in fondo, lasciandoglielo godere per un attimo, lasciandola gemere liberamente per un secondo soltanto.

"Dimmelo, Eva." le ordinai.

"No..." rispose lei, parlando a fatica. Tirai fuori il dildo in un solo movimento.

"Dio, così mi fai impazzire!" gridò lei.

"E allora dimmi dove sono!"

"Io non posso..." piagnucolò. Il suo corpo era madido di sudore, ormai quasi allo stremo delle forze; sapevo di averla in pugno. Senza preavviso riaccesi il vibratore e tornai a stuzzicarle la clitoride. Poi con decisione la penetrai con il dildo. Affondai violentemente e iniziai a scoparla, dentro e fuori, dentro e fuori, mentre stimolavo la clitoride gonfia col vibratore al massimo dell'intensità. Ogni muscolo del suo corpo era contratto e sapevo di averla portata al limite, gemeva forte, disperatamente, non avrebbe sopportato che mi fermassi ancora.

"Ti prego, ti scongiuro, fammi venire!" urlò.

"Allora dimmi dove sono!" urlai di rimando, continuando a scoparla con le mani bollenti e fradicie dei suoi umori. I miei muscoli erano tesi nello sforzo di penetrarla con violenza.

"Io non..."

"Eva, mi fermo. Giuro che mi fermo..." minacciai, rallentando il movimento.

"Al mattatoio! Sono tutti al mattatoio!" esplose. Con un brivido di soddisfazione continuai a scoparla più forte, spensi il vibratore, lo gettai a terra e presi a strofinarle freneticamente la clitoride con le dita. Con uno spasmo che rischiò di rompere la corda e un urlo animalesco, mi schizzò addosso un getto traboccante e caldo di squirt. Poi crollò sul tavolo, stremata. Le sfilai il dildo dalla passera e mi passai una mano sul volto, nel tentativo di asciugarmi dai suoi umori. Mi sentivo soddisfatto. Le slegai le caviglie e riposi tutti gli attrezzi con cura nella sacca. Le riconsegnai i suoi vestiti e le porsi un fazzoletto.

"Sapevo che fossi stronzo, ma non così tanto." esclamò Eva, asciugandosi la fronte. "Magari dovremmo rifarlo, se i miei non mi fanno fuori prima, per averli venduti" continuò, rivolgendomi un mezzo sorriso.

"Grazie, ma passo. Per me è lavoro, niente più." sentenziai, non senza una certa dose di sottile soddisfazione. "Comunque, tranquilla, in cella potrai farti una doccia. E l'Agente Caselle ti aiuterà a rivestirti. Basta che non le fai fare troppo tardi. Alle nove e mezza ha da fare." aggiunsi, sorridendo sornione. Poi mi diressi a passi decisi verso la porta della sala interrogatori, con la mia fidata sacca degli attrezzi stretta in mano, lasciandomi alle spalle la sua espressione di muto disappunto.

UNA CURA MIRACOLOSA

Era una giornata piovosa. Le nuvole inglobavano il sole delle undici, irradiando l'intero quartiere di un chiarore malinconico. Sopra i tetti dei palazzi, che potevo intravedere dalla finestra della sala d'aspetto dello studio del Dottor Pietrati, le nubi erano un ammasso nero ed imbronciato che si rompeva in una pioggia sottile, dal rumore soporifero. Sprofondai nella poltrona di pelle bianca, stringendomi nel cappotto e socchiusi gli occhi, lasciandomi cullare dal quel rumore battente, appena percepibile e dal tepore dei termosifoni accesi a pieno regime. La paziente prima di me era entrata da poco ed io mi rassegnai a dover aspettare un bel po' prima di potermi sbrigare con quella visita. Le pareti della sala d'aspetto erano tappezzate di quadri astratti: parti anatomiche femminili, corpi nudi mollemente sdraiati, gambe divaricate a mostrare senza vergogna vagine non depilate, aperte verso l'occhio dello spettatore. Se ne potevano notare perfino i più piccoli dettagli: i ciuffi di peli arruffati sul monte di Venere, la clitoride che si rivelava come il nocciolo di un frutto misterioso tra i petali che erano le grandi labbra e la fessura della vagina su cui la minuzia pittorica dell'autore si era sbizzarrita, mostrando persino lo scintillare di un rivolo di umori che colava in mezzo alle natiche. Di certo non erano i classici disegni anatomici che ci si sarebbero aspettati nello studio di un ginecologo, ma non si poteva negare, certo, che non avesse gusto artistico.

Persa con lo sguardo in quella passera perfetta mi ritrovai a ripensare a quella volta in cui avevo preso uno specchio per osservare la mia. Mi ero abbassata le mutandine e mi ero studiata a lungo per capire come fossi fatta, rosa dalla curiosità di sapere che cosa vedesse un uomo quando scendeva tra le mie gambe ad assaporarmi, perdendosi con la lingua nella mia carne. Ciò che avevo visto non differiva poi così tanto dalla raffigurazione che avevo di fronte in quel momento, a parte qualche piccola differenza di dimensione: le mie grandi labbra erano un po' più morbide rispetto a quelle del dipinto, che sembravano sode come petali di un fiore di loto.

"Bellissimo, vero?", una voce alle mie spalle mi colse di sorpresa, mentre dovevo essere particolarmente intenta a fissare il quadro. Mi voltai alla mia sinistra e vidi un volto fare capolino dietro la scrivania dell'ingresso. Era un ragazzo sui venticinque anni, con i capelli biondo cenere tagliati a spazzola, un paio di occhialetti con la montatura di tartaruga a cerchiare dei begli occhi verdi e labbra sottili che si perdevano in una barba folta. Mi sorrise.

"Davvero molto intenso..." risposi.

"È la prima volta che viene dal dottor Pietrati?" mi chiese. Io annuii, incrociando le braccia sul petto.

"Me l'ha consigliato mia sorella" aggiunsi. Non dovetti essere troppo brava a nascondere la mia aria scettica, perché il ragazzo scoppiò a ridere e si alzò dalla scrivania, raggiungendomi a passi veloci.

"Può fare uno strana impressione, lo so." disse, sedendosi con disinvoltura sul bracciolo della poltrona accanto a me. "Ma nel suo campo è davvero un mago. Almeno così dicono le clienti. Io non ho mai avuto il piacere" aggiunse, ridacchiando. Sprofondata nella poltrona, potevo vederlo torreggiare su di me e ne osservai, senza dare troppo nell'occhio, la figura per intero. Era alto e snello, ma piuttosto muscoloso, con un petto ampio e spalle larghe. Ad osservarlo sembrava di aver fatto un salto negli anni '30: scarpe scamosciate grigie, pantaloni a vita alta con tanto di pence e una camicia abbottonata fino in cima alla gola, con le maniche arrotolate che lasciavano intravedere dei tatuaggi dai colori intensi. Sulle mani portava degli anelli spessi. Lo squadrai dalla testa ai piedi e pensai che, fossi stata qualche anno più giovane, ci avrei fatto volentieri un pensierino. Da quando avevo superato i trentacinque anni, ormai, mi sentivo una vecchia decrepita e l'idea di poter flirtare con un ragazzo dall'aspetto così giovane e attraente, mi metteva piuttosto a disagio. Ad ogni modo, cercai di darmi un contegno: mi tirai a sedere composta, sistemai il cappotto ed incrociai le gambe che, per lunghezza e tonicità, consideravo ancora il mio punto forte, mostrando qualche centimetro in più di coscia in modo del tutto non casuale. Poi scoppiai a ridere, civettuola e, poggiandogli una mano sul ginocchio, con fare confidenziale, mi avvicinai a lui.

"Vorrei proprio sperare di no. Sarebbe stato un peccato scoprire che fossi una donna!" esclamai, cercando di non suonare eccessivamente maliziosa. Sondai la sua reazione, per capire se mi aveva trovata solo una vecchia patetica o se, invece, sarebbe stato volentieri al gioco. Il ragazzo si chinò appena verso di me ed io potei sentire l'odore intenso del suo balsamo da barba che sapeva di lime.

"Non c'è pericolo. Hanno controllato più di una volta e può giurarci che non sono una donna." sussurrò, ammiccando. Quel suo stare al mio gioco mi provocò una scossa di adrenalina che mi risvegliò il basso ventre e mi fece vibrare i capezzoli. Mi schiarii la voce e con la mano gettai i capelli dietro le spalle. Non speravo che quel giochino ci avrebbe davvero portati da qualche parte, anzi ero più che convinta che un ragazzo così attraente facesse il filo a tutte le donne che si annoiavano in sala d'aspetto; eppure rimpiansi di non essere stata abbastanza previdente da indossare il reggiseno e le mutandine di pizzo con i reggicalze che di solito usavo definire il mio "intimo da battaglia". Avevo sempre adorato godermi l'espressione degli uomini quando, lasciando scivolare in terra un vestito, rivelavo loro la presenza di un completino semitraspa- rente che lasciava molto poco, del mio corpo, all'imma- ginazione. O ancora di più, mi aveva sempre eccitato il pensiero di poter provocare un'erezione ad un uomo col semplice atto di sollevare di qualche centimetro l'orlo della gonna, mostrando il reggicalze di una guêpière.

"Comunque molto piacere, Claudio." esclamò il ragazzo, porgendomi la mano carica di anelli. Gliela strinsi vigorosamente.

"Angela, davvero piacere mio. Ci diamo del tu, che dici?" dissi.

"Volentieri" rispose.

"Hai davvero dei bei tatuaggi..." continuai. Da ragazzina i tatuaggi erano stati il mio più grande sogno erotico, per cui fu difficile contenere del tutto il tono di velata perversione con cui glielo dissi. Claudio sembrò notarlo e la cosa sembrò non dispiacergli.

"Quelli che vedi sono solo alcuni... sul corpo sono pieno." disse. Era evidente che, quella frase, scandita, fissandomi occhi negli occhi, era studiata chiaramente per farmi bagnare e riuscì molto bene nel suo intento. Nel silenzio che seguì, riempito soltanto dal picchiet- tare monotono e rilassante delle gocce di pioggia fuori dalla finestra, rimanemmo a fissarci per qualche secondo, le nostre mani ancora strette l'una nell'altra.

Non so se anche lui stesse fantasticando sulla stessa immagine, ma io in quel momento lo avrei volentieri attirato a me per baciarlo, lasciandomi solleticare dalla sua barba folta, mi sarebbe piaciuto sentire l'odore di lime entrarmi nelle narici ed assaggiare il sapore della sua saliva.

"Mi scusi un secondo?" chiesi, alzandomi di scatto dalla poltrona. Mi allisciai il cappotto e, con le guance infuocate di una voglia improvvisa che non cercai nemmeno troppo di nascondere, mi diressi in fretta verso il bagno, accompagnata dal suono secco delle mie scarpe tacco dodici sul parquet.

Rimasi seduta sul gabinetto per una quantità di minuti che mi parve interminabile. Da quando la mia ultima relazione era finita, sei mesi prima, non avevo più toccato un uomo e, soprattutto, le mani di un uomo non avevano più toccato me. Mi mancava da morire sentire il respiro caldo sul collo, la lingua scendermi lungo il petto, mi mancavano le mani sulla pelle, le dita che mi stringevano i fianchi, il calore di un cazzo duro contro la mia passera, il peso di un altro corpo sul mio. Anche per questo motivo non ero stata particolarmente convinta nell'accettare la proposta di mia sorella, quando mi aveva consigliato un ginecologo maschio: avevo timore che il tocco di un uomo, sebbene di tipo professionale, avrebbe potuto scatenarmi delle reazioni incontrollate e imbarazzanti. In più, quel fortuito incontro con Claudio, che si era dimostrato così disinvolto e apparentemente disponibile alle mie avances di donna matura, non avevano fatto altro che acutizzare quel disperato bisogno di attenzioni e cure che il mio corpo da tempo ormai richiedeva. Mi alzai e mi contemplai a lungo davanti allo specchio di quel bagno angusto. Sotto la luce al neon il mio volto mi sembrò ancora più smunto e invecchiato. Le ciocche di capelli sottili e bruni parevano cadermi spenti intorno al volto, i grandi occhi castani si spegnevano in un paio di mezzelune violacee e le labbra, sebbene ancora carnose, mi sembrarono troppo appariscenti sotto il rossetto acceso. Mi sollevai i capelli e li fermai sulla nuca con una forcina. Sorrisi al mio riflesso, mi voltai di profilo, soppesandomi il seno con le mani, tirando in dentro una pancia inesistente. Il mio culetto a mandolino risaltava perfettamente sotto la gonna attillata. Nel complesso potevo dirmi soddisfatta del mio corpo. Eppure quel bisogno di sesso che mi portavo appresso da troppo tempo, per i miei standard, mi aveva fatto cadere in uno stato di insicurezza insolito per me. Mi chinai verso lo specchio e mi sistemai il rossetto con la punta dell'unghia. Tirai un sospiro profondo. Il rumore di un bussare sommesso alla porta mi fece sussultare.

"Occupato!" esclamai.

"Sono Claudio." sentii rispondere da fuori. Quella risposta mi sorprese. Non pensavo che sarebbe stato così intraprendente da lasciare addirittura la sua postazione, per raggiungermi in bagno.

"Sono subito da te!" gridai. Afferrai in fretta una salvietta umidificata dal ripiano sopra il lavandino, che suppongo fosse stata messa appositamente per darsi una pulita veloce prima delle visite. Me la passai sbrigativamente dentro le mutande e la gettai nel secchio.

"Fai pure con calma. Quando hai fatto entra dal dottore." sentenziò lui. Rimasi un po' delusa, anche se avrei dovuto aspettarmelo. Sarebbe stato impensabile fare un'impressione talmente buona su un ragazzo così giovane, eccitarlo a tal punto, da spingerlo a volermi possedere all'istante nel bagno dello studio. "Sono subito da te. Che stupida che sei", sussurrai tra me e me, con le mani poggiate sul ripiano del lavandino. Mi concessi un ultimo sguardo nello specchio, carico di compassione e uscii dal bagno. Mi assicurai che Claudio non fosse nei paraggi, per paura di dover nascondere l'imbarazzo di quella figuraccia, ma per fortuna, lui era tornato alla sua postazione e stava chiacchierando amabilmente con la paziente appena uscita dallo studio del dottore. Li sentii ridere di gusto, per cui immaginai che si trattasse di una cliente abituale e mi diedi un'altra volta della stupida per aver pensato di essere stata l'unica ad aver fatto colpo. Sgattaiolai come una ladra nello studio del Dottor Pietrati e mi chiusi la porta alle spalle.

"La signorina... Narcisi, presumo." sentenziò una voce grave alle mie spalle. Mi voltai di scatto, trovandomi di fronte un uomo piazzato, sulla quarantina, con una folta capigliatura brizzolata, un paio di folti baffi ed un sorriso cordiale.

"Sono io, sì" risposi.

"Prego" esclamò, facendomi segno di accomodarmi su una delle due sedie di fronte alla sua scrivania di legno. La stanza era piuttosto grande, ben illuminata, con una grande scaffalatura piena di volumi che copriva la parete alle spalle della scrivania. Sulla destra, dietro una porta scorrevole in stile orientale si intravedevano le attrezzature del mestiere. I muri, anche lì, erano tappezzati di stampe e quadri che non mi sarei aspettata di vedere in uno studio medico, ma che in fin dei conti avevano a che fare con la materia. Il dottore dovette cogliere il mio sguardo perplesso e scoppiò a ridere.

"Sono un appassionato di arte erotica, in particolare giapponese." affermò. "Mi rendo conto che potrebbero sembrare fuori luogo su un posto di lavoro, ma in fondo si tratta pur sempre di organi genitali, no?" aggiunse. Il tono di estrema semplicità con cui lo disse non poté che convincermi. Così mi sedetti di fronte lui, ammirando rapita le stampe che raffiguravano scene di uomini e donne in atteggiamenti sessuali espliciti. In alcuni si vedevano bene membri giganti in erezione, penetrazioni complete o vagine completamente dilatate. La cosa non fece che complicare la situazione, perché la mia di vagina iniziò a pulsare spaventosamente. Fui costretta a distogliere lo sguardo, nella speranza che, quando fossi stata costretta a spogliarmi per il controllo, la mia eccitazione non sarebbe stata ancora così tanto evidente.

"Dunque, mi spieghi il motivo che l'ha spinta a venire." disse.

"Un semplice controllo."

"Ha rapporti sessuali frequenti?" chiese, prendendo appunti su un foglio.

"Non in questo periodo..." risposi, abbassando il tono della voce, in evidente imbarazzo. Il dottore alzò gli occhi su di me e, nel suo sguardo, mi sembrò di veder balenare una luce strana.

"Che peccato. Una donna così bella." asserì. Io gli sorrisi e accennai una mezza risatina.

"Quanti anni ha?" continuò lui. Io esitai. "Non mi permetterei mai, è una domanda professionale" disse, ridendo.

"Ma certo, certo. Trentacinque anni".

"Oh beh, portati splendidamente, se posso permettermi."

Colsi di nuovo quello sguardo. Di certo non si poteva negare che fosse molto bravo con le lusinghe. In breve tempo mi sentivo molto più a mio agio. Eppure quel bagliore vagamente sinistro nel suo sguardo mi evocava una strana sensazione che non mi seppi spiegare. Cercai, lì per lì, di non farci caso.

"Perfetto. Possiamo cominciare. Si spogli e si stenda. Faccia pure con calma e stia tranquilla. Capisco che molte donne si possano sentire in imbarazzo di fronte ad un ginecologo uomo, ma le assicuro che nessuna con me si è mai lamentata." asserì, con aria fiera. Io mi dileguai nella stanza accanto e feci per accostare la porta scorrevole, ma subito lo sentii accostarsi alle mie spalle. La spalancò di nuovo, mantenendo sempre sul volto quel sorriso rassicurante.

"Le consiglio di abituarsi a lasciarla aperta da

subito. Sarà più facile poi dopo." disse. Io annuii, deglutendo a fatica. L'idea che potesse guardarmi mentre mi spogliavo mi torceva le budella dall'eccitazione e la speranza di non mostrarmi a lui con la fica bagnata, da quel momento andava a farsi benedire. Cercai di spogliarmi nel modo meno sensuale possibile, mentre con la coda dell'occhio controllavo i suoi movimenti. Lo vidi intento a controllare delle carte. Sembrava del tutto disinteressato a me. Così mi sfilai i tacchi, lasciai cadere a terra la gonna, mi tolsi la maglia e poggiai tutto sulla sedia. Quando mi voltai, lo trovai appoggiato allo stipite della porta. I suoi occhi erano incollati al mio culo. Mi venne istintivamente da coprirmi, nonostante quel suo sguardo vorace, le labbra strette, le braccia conserte sul petto, tutti i segnali di un desiderio trattenuto, mi avrebbero stimolato a fare il contrario.

"Posso tenere il reggiseno?" chiesi, con un filo di voce. Il dottore, senza alzare lo sguardo su di me, rispose, con voce roca: "No, tolga anche quello.". Visto che esitavo a muovermi, si addolcì. Mi guardò negli occhi e tornò a sorridere.

"Per la palpazione!" esclamò. Io sospirai e mi slacciai il reggiseno. Le mie tette piccole, ma sode, scivolarono libere sul petto, rivelando i capezzoli già duri. Poi procedetti a sfilarmi le mutande. Ero completamente nuda davanti a lui. Il dottore mi fece segno di sedermi ed io lo accontentai. Appena sollevai le gambe sugli appositi sostegni, sentii le grandi labbra che si schiudevano e un rivolo colarmi fino alla fessura delle natiche.

La sensazione di essere completamente spalancata davanti al viso di un uomo, con i capezzoli turgidi, l'idea che a breve mi avrebbe strette un seno tra le mani e che mi avrebbe infilato un dito nella fica – sebbene solo per motivi medici – non poté fare a meno di farmi bagnare come una ragazzina.

"Guardi un po' come è bella bagnata!" esclamò, sorridendo. Io strizzai gli occhi, imbarazzata. Il dottore se ne accorse e sorrise.

"Oh, la prego, non si imbarazzi. È più che normale, anzi è indice di perfetta salute!" aggiunse, gioviale. Poi si fece improvvisamente più serio, di nuovo quello sguardo gli balenò negli occhi. "E in fondo così, entrerà meglio." sussurrò. La sua voce grave pizzicò delle corde di eccitazione che non venivano stimolate da anni. Non riuscii a capire se il suo fosse un gergo tecnico o se stesse in qualche modo facendo delle allusioni. Seppi solo che la mia passerina iniziò a pulsare incontrollabilmente ed io dovetti mordermi il labbro e distoglierlo da lui. Il dottore si infilò un paio di guanti sterili e si sedette su uno sgabello. Poi si posizionò tra le mie gambe, il suo viso era all'altezza della mia vulva, lo vidi osservare con attenzione la mia clitoride, leccarsi le labbra come se stesse per addentarla. Poi strofinò la punta del dito medio sull'apertura della mia vagina, lentamente, lubrificando bene la carne già perfettamente bagnata. Era una tortura bella e buona. Mi sforzai per non emettere il minimo verso, anche quando il dottore si decise a fare entrare il dito dentro di me, muovendolo sapientemente, per esaminare le pareti della mia fichetta calda. Lo sentivo muoversi, spingere il dito fino in fondo e dovetti aggrapparmi con le unghie ai braccioli della sedia per non mugolare di piacere. Quando riaprii gli occhi, che avevo strizzato per reprimere quelle sensazioni che reputavo così fuori luogo in quel contesto, lo scovai a fissarmi. Sorrisi, cercando di assumere un'aria disinvolta.

"Le sto facendo male?" mi sussurrò, con un sorriso, senza smettere di muovere il dito dentro di me.

"No, no. Affatto." risposi.

"Meno male."

"È tutto a posto?" chiesi, schiarendomi la voce che risuonava alle mie orecchie così vergognosamente velata di eccitazione.

"Certo che sì. Una vagina magnifica." esclamò. Estrasse il dito, grondante dei miei umori ed ebbi la sensazione che avrebbe voluto passarselo in bocca e leccarlo per sentire il mio sapore, ma chiaramente non lo fece; era solo la mia immaginazione su di giri che mi presentava immagini irrealistiche.

"Procediamo con la palpazione. Va bene?"

Il dottore gettò il guanto nel cestino, poi con un fazzoletto mi ripulì con cura, soffermandosi anche con eccessiva lentezza sulla mia passera, come se se ne stesse godendo il calore attraverso la carta.

"Si rilassi..." mi disse poi. Mi si avvicinò, rimanendo in piedi accanto al mio busto, per poter operare con le mani sui miei seni. Quando voltai la faccia, mi ritrovai davanti agli occhi il cavallo dei suoi pantaloni e restai di sasso nel rendermi conto che, dalla sua cerniera, sembrava bussare una gigantesca erezione. Mi si seccò immediatamente la bocca e non riuscii più a deglutire. Il dottore allungò le mani sulle mie tette, stringendole con forza, prima una e poi l'altra e più stringeva più la verga nei suoi pantaloni si gonfiava davanti ai miei occhi. Avrei potuto facilmente allungare una mano, slacciargli i pantaloni, tirarglielo fuori e prenderlo in bocca; mi sarebbe subito scivolato tra le labbra ed in quel momento non chiedevo altro che succhiarlo, mentre mi stringeva i seni così forte da farmi quasi male. Il mio respiro si fece all'improvviso affannoso e cercai di voltare la testa dall'altra parte.

"Per favore, rimanga voltata di là." mi intimò. "Altrimenti non ho abbastanza spazio di manovra." aggiunse. Fui costretta a fissare la sua erezione che, a mano a mano, diventava sempre più turgida. Il dottore continuava a massaggiare il mio seno, con sempre maggior vigore. I miei capezzoli, tra le sue mani, erano diventati rigidi come due piccole rocce e chiedevano solo di essere morsi, leccati. Quanto desideravo che si chinasse su di me per stuzzicarli con la lingua, di sentire i suoi baffi pizzicarmi sulla pelle, mentre gli stringevo il cazzo tra le mani. Quel contatto, quelle mani maschili che mi stringevano in modo così ruvido, mi stavano portando al limite della sopportazione. La mia passera aveva ricominciato a bagnarsi ed il mio respiro affannoso ora tradiva palesemente la mia eccitazione.

"Tutto bene, signorina?" chiese il dottore, arrestando il movimento delle mani. Avrei voluto implorarlo di continuare a strizzarmi le tette come stava facendo, invece, mi tirai a sedere a fatica.

"Io... sì. Cioè, non molto. Temo di non sentirmi benissimo, in realtà." balbettai. Pietrati, posandomi una mano sulla schiena, mi aiutò a sedermi. Io cercai di scansarmi per evitare il suo tocco. "Credo di aver bisogno di un po' d'aria, se non è troppo disturbo..." aggiunsi, strofinandomi il volto, nella speranza di ritrovare un po' di lucidità.

"Ma certo, certo. Ci mancherebbe." esclamò il dottore e nel suo tono mi parve di cogliere una sincera preoccupazione. Io mi alzai e, barcollando, cercai di rivestirmi il più in fretta possibile. Indossai per ultime le scarpe col tacco ed uscii dalla porta scorrevole. Lanciando un ultimo sguardo dentro la sala, mi accorsi di aver lasciato una grossa chiazza bagnata sulla sedia ginecologica, dove poggiava la mia passera. Avvampando furiosamente, mi diressi a passi spediti verso la soglia e uscii nel corridoio.

"Faccia pure con comodo. Io l'aspetto qui. Il prossimo appuntamento ce l'ho nel pomeriggio!" mi gridò dall'ingresso dello studio, mentre io già ero quasi arrivata alla scrivania di Claudio. Gli feci un cenno senza nemmeno voltarmi, continuando a camminare, scompigliata, stravolta, col volto arrossato. Passai di fronte a Claudio che si alzò prontamente in piedi al mio passaggio e tentò di fermarmi.

"Dove vai?" chiese, stupito.

"Manderò un bonifico per saldare la visita, ma ora devo andare!" esclamai.

"È successo qualcosa?"

"No. Cioè, insomma... non lo so. Ma devo andare" ansimai e in un attimo mi ero tuffata oltre la porta e poi giù per la tromba delle scale, lasciando Claudio ad osservarmi esterrefatto sulla soglia.

Spalancai il portone d'ingresso del palazzo e mi buttai fuori, incurante di quella piogerellina battente. Rimasi in piedi sul marciapiede, lasciando che l'acqua sottile mi bagnasse i capelli, il cappotto e cercasse di spegnere i miei bollori eccitati. Mi guardai intorno spaesata. Mi ci volle qualche minuto prima che riuscissi a ritrovare la lucidità per capire che dovevo cercare le chiavi della macchina nella borsa. Il mio cervello era rimasto ancora in quella stanza, ancora fantasticava sul membro turgido del dottore che avrei tanto voluto poter stringere tra le labbra. Non riuscivo a capire se fosse stato tutto un enorme scherzo della mia fantasia, stimolata da un lungo periodo di astinenza o se effettivamente il dottor Pietrati si divertisse a stuzzicare sessualmente le sue pazienti. In entrambi i casi mi ritrovavo con una voglia impellente che non potevo soddisfare. Mentre ero impegnata ad imprecare, rovistando nella borsa alla ricerca delle chiavi della macchina, mi sentii afferrare per il braccio. Quando mi voltai, riconobbi il volto di Claudio, che mi trascinò sotto la tettoia del palazzo.

"Si può sapere che fai sotto la pioggia? Sei pazza?" esclamò, con una smorfia interrogativa sul viso.

"E si può sapere, invece, perché tu mi hai seguita?"

ribattei, divincolandomi dalla sua presa. Claudio mi lasciò il braccio, sollevando le mani in segno di scuse.

"Te l'avevo detto che all'inizio poteva fare una strana impressione..."

"Solo strana?"

Claudio sospirò, come se sapesse qualcosa che non voleva dire. Mi strinsi nel cappotto e lasciai vagare, per un attimo, lo sguardo tra i palazzi avvolti dalla pioggia.

"Si scopa le sue pazienti o è stata solo una mia impressione?" strizzai gli occhi e le parole mi uscirono tutte d'un fiato, senza che potessi trattenerle. Claudio annuì. Quella consapevolezza mi riaccese il fuoco dell'eccitazione. Gli afferrai il volto tra le mani e d'impulso lo baciai, infilandogli la lingua in bocca con foga. All'inizio sembrò restare stupito, poi chiuse gli occhi e si lasciò andare. Mi strinse a sé, avvolgendomi tra le braccia. Mi afferrò per i capelli, tirandomi la testa all'indietro e mi leccò il collo, mordendomi la pelle. Io strinsi le palpebre, sussultando di piacere. Appoggiai le mani contro il suo petto e lo spinsi indietro.

"Scusami..." sussurrai. Poi, a passo svelto, mi diressi di nuovo dentro l'edificio, su per le scale, oltre la soglia dello studio rimasta aperta e mi incamminai nel corridoio. Il dottore mi aspettava sulla porta, a braccia conserte. Mi accolse con un sorriso.

"Come si sente?" chiese.

"Molto meglio, grazie. Avevo solo bisogno di un po' d'aria." risposi. Dalla sua espressione mi sembrò sollevato. Mi fece segno di entrare e mi seguì all'interno dello studio, chiudendosi la porta alle spalle. Io lasciai cadere la borsa sulla sedia, senza nemmeno entrare nella saletta ginecologica, lanciai via le scarpe, mi sfilai la gonna, mi liberai del cappotto e della maglia. Rimasi in intimo e mi voltai verso di lui. Riuscii a catturare sul suo volto quel bagliore accalorato che, come era successo prima più di una volta, mi fece infradiciare le mutandine.

"Vogliamo riprendere la visita?" chiesi. Questa volta fui io a lanciargli uno sguardo malizioso. Sapere che non era stata una mia fantasia, bensì che la sua era una tattica per scoparsi le pazienti mi faceva sentire potente, sentivo di potermi riappropriare della mia posizione di seduttrice. Mi arrapava da morire sapere di poterlo eccitare lentamente. Il dottore mi fece segno di sedermi sulla sedia.

"Però, deve togliersi tutto." intimò.

"Ma certo." dissi. Mi slacciai il reggiseno e, sostenendo il suo sguardo, lo lasciai cadere a terra. Poi sfilai le mutande. Per la seconda volta restai del tutto nuda di fronte a lui. Mi sedetti sulla sedia ginecologica e spalancai le gambe. Gli mostrai la mia passera aperta. Il dottore si avvicinò e fece per infilarsi i guanti di lattice.

"Lo sa? Ho notato che il lattice mi irrita un po'. Le dispiace fare senza?" chiesi. Pietrati mi osservò con un mezzo sorriso sorpreso. Poi lanciò via il guanto e si sedette sullo sgabello.

"Ah, un'altra cosa..." lo interruppi di nuovo. Lo vidi scosso da un singulto di frustrazione. Probabilmente non era abituato alle pazienti che prendevano iniziativa. Questa cosa mi eccitò da morire. La mia fichetta iniziò a gocciolare e, a giudicare dalla direzione del suo sguardo, lui se ne accorse. Lo vidi leccarsi le labbra.

"Mi dica..." sussurrò.

"Credo di avere un certo fastidio qui." dissi, sfiorandomi appena la clitoride con la punta delle dita. Cominciai a compiere dei piccoli cerchi con il medio, provocandomi delle scariche di piacere intenso. Stavolta mi lasciai andare, mugolando e rabbrividendo. Pietrati sostituì la mia mano con la sua e strofinò più forte, compiendo cerchi, poi sfregando avanti e indietro sulla clitoride gonfia e bagnata.

"Proprio qui, intende?" mormorò, digrignando i denti, come se stesse trattenendo in bocca un forte arrapamento.

"Esatto" esclamai, sobbalzando di piacere a quel contatto. "Proprio lì.". Mi portai il dito medio alle labbra e lo leccai avidamente.

"Penso di dover operare anche un controllo interno più approfondito..." sentenziò con la voce arrochita dalla voglia di scoparmi, una voglia che si iniziava ad intravedere anche in mezzo alle sue gambe. Io annuii, con la bocca già troppo piena di gemiti per riuscire a parlare. Pietrati si sporse sulla mia fica calda e ci lasciò colare sopra un rivolo di saliva, poi mi stuzzicò, con la punta di tre dita, la fessura pulsante della vagina. Senza fatica riuscì a farle entrare. Iniziai a gemere forte, mentre lui mi penetrava con una mano e mi masturbava velocemente con l'altra. Sentivo le sue dita contro le pareti soffici e bollenti della mia vagina, che si contraevano in spasmi sempre più frequenti. Pietrati si piegò su di me e mi afferrò un capezzolo tra i denti, tirandolo a sé. Lanciai un urlo soffocato, per quella sorta di sottile dolore e piacere insieme.

"Fammelo prendere in mano!" gli ordinai. Ero talmente eccitata da non riuscire più a portare avanti quella sorta di giochino che avevamo iniziato, in cui io ero la paziente e lui il dottore. Ora volevo semplicemente che si calasse i pantaloni e che mi desse in mano quel grosso cazzo che mi ero immaginata nascondesse nei pantaloni. Volevo accarezzarlo, afferrarlo, leccarlo, succhiarlo, fino a farlo godere tanto quanto stavo godendo io. Pietrati sembrò sorpreso e al contempo eccitato da quel mio tono autoritario. Staccò la mano dalla mia clitoride, continuando a penetrarmi vigorosamente, e girò intorno alla sedia, per portarsi alla portata delle mie mani. Voltai la testa di nuovo e di nuovo ebbi la sua erezione gonfia e svettante davanti agli occhi. Gli afferrai la cinta e lo tirai a me con violenza, slacciandogli i pantaloni. Glieli abbassai, gli abbassai le mutande, fino a ritrovarmi a pochi centimetri dalla faccia la sua verga durissima e dritta, la cappella gonfia, bagnata. La leccai appena, godendomi il suo sguardo perverso ed il suo gemito appagato. Poi scesi con la bocca a succhiargli avidamente i testicoli. Intanto con la mano lo masturbavo, strofinando la sua asta con foga. Il dottore infilò anche il quarto dito nella mia passera, penetrandomi con forza. Il mio intero corpo era scosso dal movimento delle sue mani, a gambe spalancate sulla sedia, le tette che mi ballavano sul petto. Gli bagnai la verga di saliva, dalla base, risalendo su con la lingua fino alla cappella. Poi lo avvolsi tutto con le labbra quasi fino a soffocare. Pietrati mi spinse con forza la testa e più lo sentivo godere, più succhiavo con vigore.

"Oddio, che pompino!" lo sentii gemere. "Adesso ti voglio scopare..." ansimò. Mi afferrò il viso con una mano e mi baciò. Un bacio brutale, in cui la mia saliva copiosa si mischiò alla sua, in cui la sua lingua si infilò in fondo fino alla mia gola. Mi morse a sangue il labbro inferiore, tirandomi i capelli sulla nuca, facendomi quasi imprecare per il dolore. Eppure la mia fichetta continuava a bagnarsi, penetrata dalle sue quattro dita, con la mano me la prendeva tutta. Andavo in fiamme. Era la sensazione più intensa che avessi mai provato.

Improvvisamente si bloccò, estrasse la mano gocciolante dei miei liquidi e la mise tra il suo volto ed il mio. La leccammo insieme, guardandoci avidamente negli occhi. Poi si tolse del tutto i pantaloni e si precipitò come una furia in mezzo alle mie gambe spalancate. Mi afferrò per le natiche e mi sollevò il bacino, affondando la faccia nella mia passera. Bevve i miei umori voracemente, infilando la lingua nella mia fichetta sensibilissima e allargata dalle sue dita; poi passò al mio culo, roteando la punta della lingua in cerchio.

"Ti piace nel culo?" mi sussurrò. Solo sentirglielo dire mi fece eccitare. Annuii, rabbrividendo di piacere. Iniziai a gemere forte quando iniziò a strusciarci sopra la cappella umida. Ero ormai talmente lubrificata che non servì metterci prima le dita. Si schiuse con estrema facilità e inglobò la sua verga fino alle palle. Pietrati grugnì di piacere, con la sua voce roca, quando il suo bastone mi penetrò fino in fondo al culo e anche io fui costretta ad aggrapparmi alle sue spalle con le unghie per resistere a quella graffiante sensazione di godimento.

"Lo sento tutto!" gemetti, con la voce rotta.

"Lo senti quant'è duro?" ringhiò il dottore.

"Sì, lo sento..."

Con una mano mi stringevo una tetta, torcendomi un capezzolo tra le dita e con l'altra mi strizzavo la clitoride, me la frizionavo; piano, poi più veloce. Continuavo a venire, bagnando la sedia di umori caldi e densi e ogni volta che esplodevo in un orgasmo, trattenendo un urlo tra i denti, il mio corpo era scosso da spasmi e i miei buchetti si contraevano. Sentendo il mio culo stringerglisi attorno all'asta, il dottore grugniva, mi schiaffeggiava le natiche.

"Sì, vieni ancora!" grugniva.

Dopo il mio quarto orgasmo, il dottore sfilò il suo cazzo da me. Mi allargò le natiche, godendosi la vista del mio culo ancora dilatato e pulsante.

"Guarda che spettacolo" bisbigliò. Si chinò su di me per baciarmi con labbra avide, mentre continuava a masturbarsi il membro ancora turgido. Io mi sentivo dolorante, intorpidita, ma non ancora soddisfatta. Volevo farlo venire. Volevo sentire il sapore del suo sperma. Mentre il dottore, instancabile, si preparava a penetrarmi di nuovo – da davanti questa volta – mi sembrò di sentire un rumore provenire da dietro la porta scorrevole dello studio. Afferrai Pietrati, che sembrava non essersi accorto di niente, per il polso. Il dottore si fermò, osservandomi stupito. Io gli feci cenno di fare silenzio, posandomi un dito sulle labbra arrossate per i baci e i morsi ricevuti. Entrambi ci concentrammo sull'improvviso silenzio, rotto solo dal nostro respiro affannoso. All'improvviso lo sentii di nuovo. Era un mugolio trattenuto. Il dottore mi aiutò ad alzarmi dalla sedia ginecologica – affare che non fu affatto facile, per via delle gambe e delle natiche indolenzite – e ci avvicinammo di soppiatto alla porta scorrevole. Mi affacciai con la testa e fui piuttosto sorpresa (per quanto eccitata) nel ritrovarmi davanti Claudio: i pantaloni calati fino alle natiche, una mano poggiata alla parete, un'altra intorno al cazzo, il capo chino e l'espressione di chi stesse trattenendo un piacere intenso.

"Che ci fai qui?" esclamai. Claudio sobbalzò, rosso in viso.

"Beh io... ecco..." balbettò. Scoppiai a ridere e gli feci una carezza sul viso. Ripensai a quando ero arrivata in quella sala d'aspetto, a quanto avevo dubitato di me stessa; ed ora quello stesso ragazzo si stava masturbando mentre mi guardava scopare con un altro uomo. Era una delle cose più arrapanti che avessi mai potuto immaginare. Se me l'avessero raccontato non ci avrei creduto. Gli feci una carezza sulla guancia. Indietreggiai, volteggiando lentamente su me stessa, per permettergli di osservarmi bene. Poi gli diedi le spalle e mi inginocchiai a terra, a quattro zampe. Allargai appena le gambe per mostrargli il mio culo, ancora pulsante, e sorridendo mi rivolsi al dottore che, ancora intento a strofinarsi la verga dura in mano, aveva osservato con attenzione la scena. Pietrati si inginocchiò davanti a me, porgendo il membro alle mie labbra. Io lo leccai per bene, potevo ancora sentirci sopra il mio sapore. Mi afferrò con forza i capelli e mi spinse contro di sé, mentre io ripresi a strofinarmi la clitoride.

Improvvisamente sentii afferrarmi per i fianchi. Claudio mi baciò la schiena, mi sbatté la cappella sulle natiche e poi scelse di penetrarmi la passera. Gemetti sul cazzo del dottore, che mi spinse la testa ancora più forte su di lui. Anche Claudio cominciò a penetrarmi con vigore, grugnendo ad ogni affondo, sculacciandomi sonoramente le natiche fino ad arrossarmele. Io intanto godevo come non avevo mai goduto, mentre continuavo a masturbarmi e a bagnarmi fino al polso dei miei stessi umori.

"Io sto per venire, ti vengo in gola..." ansimò il dottore, tenendomi salda la mano sulla mia testa. Io con una mano continuavo a masturbarlo e sentivo la punta del suo membro ormai all'apice della durezza in fondo alla mia gola. Volevo sentirmelo schizzare dentro. Con un colpo di bacino, il dottore esplose, gemendo come un pazzo. Ingoiai il suo sperma, mentre Claudio ancora mi scopava da dietro, tirandomi a sé per i fianchi, sculacciandomi.

"Girala..." mormorò il dottore a Claudio, sfilandomi il membro dalle labbra. Io mi feci rivoltare a pancia in su ubbidientemente, abbandonandomi alle loro braccia forti. Poi Claudio mi entrò dentro di nuovo, con un mugolio prolungato, poggiandosi con le mani alle mie ginocchia. Affondava in me velocemente. Dal suo viso percepivo che non gli mancasse molto per venire. Intanto il dottore prese a succhiarmi i capezzoli, con una mano mi stringeva una tetta e con l'altra mi frizionava freneticamente la clitoride. Mi aggrappai ai suoi capelli con un grido.

"Vieni ancora, forza. Vieni un'altra volta!" mi sussurrò, mentre mi tormentava un capezzolo con la lingua. Mi inarcai all'indietro e contrassi tutti i muscoli del corpo nel tentativo di sopportare un orgasmo deflagrante. Anche Claudio iniziò a gemere più forte, i suoi colpi di bacino si fecero più convulsi. Tirò fuori il cazzo e mi schizzò un fiotto di sperma caldo e copioso sulla pancia. Poi si accasciò sulle ginocchia, ansimando. Io scoppiai a ridere, esausta. Li guardai entrambi e per un attimo rimanemmo tutti e tre in silenzio in quella sala d'aspetto che ora odorava forte di sesso. Bagnati dalla luce grigiastra di quel sole mattutino, ancora nascosto tra le nuvole, ci sdraiammo sul tappeto a riprendere fiato. Fissando il soffitto, pensai che non mi pareva vero quanto fosse appena successo. Eppure ogni centimetro del mio corpo che dolorante e indolenzita, mi ricordava quanto in realtà fosse tutto vero.

"Dico sempre che nessuna delle mie pazienti torna mai a casa insoddisfatta, ma stavolta devo ammettere che per la prima volta non posso dirmi insoddisfatto nemmeno io." ansimò il dottore. Io mi voltai a guardarlo, senza nascondere una certa soddisfazione.

"Decisamente la visita migliore che io abbia mai fatto." esclamai, sorridendo. "Penso che ne prenoterò una anche per il prossimo mese."

**Scansiona il QR Code visibile qui sotto per ottenere
il Ricettario Afrodisiaco**

o copia e incolla il seguente indirizzo:

https://t.ly/sGrKp